JEAN-PHILIPPE BLONDEL

Né en 1964, Jean-Philippe Blondel est professeur d'anglais dans un lycée de province. Chez Delphine Montalant, il a publié *Accès direct à la plage* (2003), son premier roman, qui a rencontré un vif succès et qui a obtenu le prix Marie-Claire-Blais 2005, et *1979* (2004). *Juke-Box* (2004), *Un minuscule inventaire* (2005), *Passage du gué* (2006) – prix Biblioblog 2007 –, *This is not a love song* (2007) – prix Charles Exbrayat 2008 – et *À contretemps* (2009) ont paru aux Éditions Robert Laffont. *Le Baby-Sitter* (2010), *G229* (2011) et *Et rester vivant* (2011) – prix Virgin-Femina 2011 – ont paru aux Éditions Buchet/Chastel, qui publie en janvier 2013 son dernier roman, *06h41*.

DU MÊME AUTEUR
CHEZ POCKET

ACCÈS DIRECT À LA PLAGE
LE BABY-SITTER
G229
ET RESTER VIVANT
06 H 41

JEAN-PHILIPPE BLONDEL

06 H 41

BUCHET • CHASTEL

MIXTE
Papier issu de sources responsables
FSC® C003309

Pocket, une marque d'Univers Poche,
est un éditeur qui s'engage pour la préservation
de son environnement et qui utilise du papier fabriqué
à partir de bois provenant de forêts gérées
de manière responsable.

ISBN : 978-2-266-24234-9

J'aurais pu prendre le 07 h 50 – ou même le 08 h 53. C'est lundi. Il ne se passe rien au travail, le lundi. Simplement, je n'en pouvais plus. Quelle idée aussi de rester le dimanche soir. Je ne sais pas ce qui m'a pris. Deux jours, c'est bien suffisant.

J'ai très mal dormi cette nuit, évidemment. Je m'en voulais. Encore un week-end de gâché. Et en même temps, rien d'étonnant, c'est toujours comme ça. Valentine l'avait bien anticipé. Luc aussi. Je les comprends – mais je leur en veux. De ne pas être venus. De ne pas m'avoir prêté main-forte. De ne pas m'avoir apporté l'oxygène dont j'avais besoin, ces deux jours. De ne pas tenir aussi fort que moi à mes parents. Normal. Ce sont *mes* parents. Mes parents à moi. Mes parents uniques dont je suis l'unique fille.

Chaque fois, je jure que non, ce n'est plus possible. Et puis la culpabilité monte. Insidieuse. Leurs voix au téléphone. Jamais un reproche. Jamais une plainte. Mais le silence quand je réponds que j'ai beaucoup de travail en ce moment. Des fournisseurs à contacter. Des clients à satisfaire. Je les imagine, au bout du fil. Ma mère, derrière mon père – très droite. Cassante. Le rictus. Le cinglant au bord des lèvres. Je me demande s'il y a des gens qui savent s'occuper de leurs parents, quand ils sont vieux. Vieux et pas encore grabataires. Vieux et affaiblis. Vieux et vulnérables. Et amers.

Non, en fait, je ne me le demande pas. Il y en a, oui. Luc, par exemple. Sauf qu'en fait, il ne s'en soucie pas du tout. Il a tiré un trait sur sa famille il y a plus de vingt ans, et à part une visite ou un coup de fil très occasionnel, il ne donne aucune nouvelle. Je crois que c'est ce que j'ai admiré le plus quand je l'ai rencontré. Cette capacité d'indépendance. Cet égoïsme salvateur. Plus encore que la prestance. L'allure. Cette allure qu'il a gardée, malgré les années. À bientôt cinquante ans, il est encore élancé, sec, noueux presque. Le type d'homme à propos duquel les femmes de plus de quarante ans se prennent à rêver. Je ne suis pas jalouse. Je ne l'ai jamais été. Je ne suis pas assez soumise pour ça. Nos indépendances se défient et se respectent.

Évidemment, mes parents ont râlé à cause de son absence. Non que Luc soit particulièrement aimable avec eux, mais ils préfèrent quand on vient *en famille*. Avec Luc et Valentine. Comme ça, ils peuvent répéter fièrement à tout le quartier – et particulièrement aux commerçants – que « le week-end dernier, on a eu toute la petite famille ». Ils aiment bien dire ça, *la petite famille*.

Cette fois, les deux autres membres de *la petite famille* n'ont pas cédé.

J'ai tenté d'expliquer. Luc avait beaucoup de travail, avec les restructurations à l'œuvre dans son entreprise. Et Valentine, eh bien. Normalement, ça devrait suffire le « eh bien » suivi d'un soupir – ça devrait englober le fait que Valentine a bientôt dix-sept ans, qu'elle habite en région parisienne, qu'elle est amoureuse et qu'elle déteste venir dans cette ville de province où elle ne connaît personne et où son grand-père n'arrête pas de l'envoyer jouer dans le jardin comme si elle avait encore sept ans.

Mais avec mes parents, ça ne suffit pas. Il faut un joli mensonge, bien emballé, entouré de magnifiques rubans jaune citron – et servi avec un sourire radieux. J'ai l'habitude. J'ai appris très tôt à leur cacher la vérité. Alors, j'ai inventé pour Valentine un bac blanc le lundi matin et un dimanche de révision en perspective. Quand je l'ai soumis à Valentine, le mensonge, avant de le leur livrer, elle a éclaté de rire, m'a embrassée et m'a demandé pourquoi je ne leur disais pas plutôt qu'elle s'ennuyait à mourir chez eux et qu'ils étaient carrément pénibles. Je n'ai rien répondu. La seule chose qui me soit venue à l'esprit, c'est « parce qu'on ne parle pas comme ça à ses parents », mais je ne l'ai pas dit parce que je sais pertinemment que Luc et Valentine seraient capables de le faire, eux.

Je me demande si Valentine nous parlera de cette façon plus tard. Quand ce sera notre tour d'attendre sa visite, dans notre pavillon de banlieue. Non, pas de banlieue. Je ne pourrai pas vieillir dans la ceinture parisienne. Je n'en suis pas originaire. Je n'y ai que peu d'attaches. J'ai commencé à regarder où je – enfin où *nous*, si tout va bien – pourrais finir mes jours. J'ai caressé l'idée du Mexique, du Maroc, mais je sais que les livres, les films et la langue me manqueraient trop. Et puis je connais ces pays. J'y suis déjà allée.

Je suis contente de les avoir arpentés, mais je ne me vois pas y vivre. Non. Il me faudrait un endroit tranquille. De la plaine – mais des collines à l'horizon, tout de même. Ou bien la mer. L'océan, plutôt. Salé, sauvage et qui colle à la peau. Mais pas Paris. Non. Ni ici. Troyes. La Champagne. J'en ai soupé. J'en soupe encore. Le quai de la gare. 06 h 35. Je n'ose pas imaginer le nombre de fois où j'ai attendu des trains sous cette verrière.

C'est idiot.

Tout est idiot.

De m'être levée si tôt. D'être restée une nuit de plus, surtout. J'avais le choix. J'aurais pu rentrer hier soir – mais je ne sais pas, la perspective des quarante-cinq minutes de métro et de RER pour revenir de la gare de l'Est, et puis rebelote dans l'autre sens le lundi matin, ça m'a découragée. Et puis le visage de ma mère, transformée en Vierge des Douleurs, muette évidemment, à l'idée de mon départ du dimanche après-midi. Je savais que Valentine dormait chez Éléonore et que Luc passerait la soirée sur l'ordinateur. J'ai tapé dans mes mains, comme une gamine, et j'ai lancé à mes parents : « Je n'ai qu'à repartir lundi matin ! » J'ai téléphoné à Luc – qui a maugréé. Et envoyé un SMS à Valentine – de toute façon, il n'y a pas d'autre moyen d'entrer en contact avec elle. Réponse : « OK. Bisous. » Vient un âge où on est coincés entre des enfants indifférents et des parents récalcitrants. Voilà. J'ai quarante-sept ans. Je suis en plein dedans.

En fin de compte, ce sont mes parents qui ont été le plus surpris. Désagréablement surpris. Surtout ma mère. La Vierge des Douleurs est devenue une Vierge des Angoisses. Voilà qui bouleversait sa routine. Voilà qui causait des soucis. Elle n'allait pas pouvoir mettre dans la machine les draps que j'avais utilisés les deux nuits précédentes. Ça allait tout décaler. Et qu'est-ce qu'on allait bien faire à dîner, c'est qu'on n'avait pas prévu, nous, le dimanche soir, tu sais, c'est une soupe, le policier sur la 2, et au lit ! Et puis qu'est-ce que ça signifiait ? Il y a quelque chose qui cloche entre Luc et toi ? C'est pour ça qu'il n'est pas venu, hein ? Oh, à nous, tu peux bien le dire, mais il faut avouer que tu pourrais être un peu plus gentille avec lui. On dirait que c'est toi qui décides de tout.

Je me suis rebellée, quand même. J'ai lancé : « Vous n'êtes pas contents que je passe du temps avec vous ? » Ils ont battu en retraite. Se sont excusés. Ont répondu que si bien sûr, c'est juste que. Pas la peine d'aller plus loin. Je sais. *La petite famille*. Et dire que, dans la vie de tous les jours, on me respecte. On me craint presque. Je planifie. Je détermine. J'embauche.

Je ne sais pas si je serai triste quand ils décéderont.

Il paraît qu'on fanfaronne avec son insensibilité et puis que, le moment venu, l'émotion vous fond dessus et vous plaque au sol. Quand même. J'ai du mal à concevoir. Bref, week-end à jeter. Je n'ai fait que tourner en rond dans le pavillon. Ma seule sortie, ça a été d'aller échanger ma réservation de train hier – ah non, j'ai aussi accompagné ma mère à la boulangerie-pâtisserie qui n'est pas une boulangerie et encore moins une pâtisserie, mais un dépôt de pain. Elle voulait acheter du flan. Pour le dessert du dimanche soir. Puisqu'il n'y avait rien de prévu.

Inutile de dire que je ne raconterai rien de tout ça à

Luc. Cela prouverait qu'il a raison et il arborerait son sourire de vainqueur. Pas un mot non plus à Valentine – elle s'en moque, de toute façon. Comme mes collègues. Et les rares amis qui subsistent – c'est fou comme après quarante ans les amitiés se délitent, mutations, enfants, divergences de vues, tout nous éloigne de ceux à qui nous nous croyions liés pour la vie. Ne surnagent que des mails laconiques. Des coups de téléphone ponctués de silence. Des rencontres épisodiques.

Non. Stop.

Se rappeler que, quand j'ai mal dormi, je passe tout au Kärcher acide. Qu'il est 06 h 41. Que je suis de mauvaise humeur.

Je suis impressionnée par le monde. Et par la fréquence des trains le matin. C'est comme si la moitié de la ville allait travailler à Paris tous les jours.

D'ailleurs, c'est peut-être le cas.

Le train arrive – pas de retard. Tant mieux.

Je ne l'aurais pas supporté.

J'aime bien les trains. Les heures passées à ne rien faire de particulier. On prépare un sac pour le trajet – pareil que les enfants quand ils sont encore petits. On y fourre deux livres de poche, des chewing-gums, une bouteille d'eau – pour un peu on y mettrait aussi sa couverture fétiche. Tout pour que le temps passe agréablement. En arrivant à la gare, on traîne même du côté des magazines, et on en achète un, de préférence sur les riches et célèbres. C'est comme si on allait à la plage – et, comme à la plage, on n'ouvre ni les romans, ni le magazine, on ne mâche pas de sucreries et on oublie même de s'hydrater. On est hypnotisé par le paysage qui défile ou par le rythme des vagues.

Le seul train que je déteste, c'est celui du dimanche soir pour Paris. Quand je faisais mes études, c'était le train de la déprime et du déracinement. J'arrivais gare de l'Est le moral dans les chaussettes. C'est ici que sont mes racines. Je l'ai toujours su. Je suis un coq de basse-cour. À Paris, je n'étais rien. Mais c'est loin tout ça. Ce qui reste, c'est cette haine du train du dimanche soir. C'est pour ça que je suis là si tôt ce matin. J'aurais pu prendre le 21 h 15 hier et dormir dans l'appartement de Mathieu, puisque j'ai les clés, mais je ne le sentais pas. Je préfère mettre le réveil, me lever tandis que la nuit est encore là puis me diriger vers la gare. Sur le chemin, il y a des dizaines d'ombres comme moi. Sauf qu'eux font le trajet tous les jours. Pour moi, c'est exceptionnel. Les trains suivants arrivent trop tard à Paris – 10 h 30, 11 h 30, la journée est bien entamée, on a l'impression d'arriver au milieu de la fête.

Une journée détachée des autres.

Unique.

Une entorse à l'emploi du temps.

Je commence à dix heures, le lundi et j'enquille jusqu'à dix-neuf heures, au magasin. Tout à l'heure, de Paris, je téléphonerai pour dire que je ne peux pas venir aujourd'hui. Que je rattraperai les heures. Qu'il y a urgence familiale. Au bout du fil, je sais que la secrétaire s'inquiétera. En vingt ans dans ce supermarché, je n'ai pas été absent un seul jour – à part pour mon lumbago il y a quatre ans. Je promettrai des explications, quand je reviendrai, le lendemain. Parce que je reviens demain. Normalement. Ou il faut que je trouve un docteur qui me donne quelques jours d'arrêt. Je me demande si Jérôme pourrait faire ça. Peut-être, après tout. Ce serait curieux. Mais Jérôme est tellement gentil. Mieux que ça. C'est un saint. Un saint qui s'est occupé de recueillir ma femme et mes enfants après le divorce. Qui leur offre, depuis, une atmosphère conviviale faite de confort et de chaleur, qui manquait singulièrement dans leur famille originelle les derniers temps.

Sauf que le divorce, en fait, il a eu lieu à cause de

lui. Non, je suis injuste. C'est beaucoup plus compliqué que ça. Nous n'allions plus très forts, Christine et moi. Nous nous agacions mutuellement. Elle trouvait que sa vie allait à vau-l'eau. Elle a commencé à passer ses soirées sur Internet, à rebâtir du lien. À retrouver ses amis d'adolescence. Son premier amour, jamais totalement oublié. Jérôme, donc. Divorcé lui-même, sans enfant, très joueur mais prêt à s'assagir. Ils n'ont même pas eu besoin de Meetic. C'est pathétique.

Les enfants ont tiqué, mais pas plus que ça. L'atmosphère à la maison était irrespirable. Jérôme avait dans sa dot une maison bien plus grande avec un jardin respectable où il était même question de construire une piscine. Il était gentil, prévenant, il ne disait jamais non quand il fallait acheter des magazines. Il jouait aux jeux vidéo. Un père parfait. Manon avait huit ans. Loïc, six. C'était il y a dix ans. Tout s'est très bien passé. Pour eux. Pour moi ? Je ne me pose pas la question. Je continue ce que j'étais censé accomplir – sauf que j'ai un peu perdu le but du voyage. J'ai eu quelques histoires avec lendemain – mais brèves. Des relations hygiéniques. Les mois passent. Les années. Ce n'est pas aujourd'hui que je vais infléchir le trajet. J'ai ma routine. Quelques contacts téléphoniques aussi amicaux que rares avec Christine. Les enfants un week-end sur deux jusqu'à cette année où ils ont réclamé plus d'indépendance et où ils ne passent leur fin de semaine ni chez leur mère ni chez moi, mais chez des gens que nous connaissons à peine. La moitié des vacances cet été, ce sera problématique aussi. Manon travaille au centre aéré et son frère veut effectuer un stage de voile de trois semaines. Je n'ai pas bataillé. Ce n'est pas mon genre. J'attends que mes enfants ressentent de la culpabilité. C'est ça, ma stratégie. Inutile de dire qu'elle a du plomb dans l'aile. L'année prochaine, Manon déménage à Reims pour faire médecine. Elle veut devenir kiné. Quand je lui demande pourquoi, elle hausse les épaules. Elle parle d'argent, de clients, d'utile et d'agréable, de faire du bien – et puis c'est une profession que le chômage ne risque pas de toucher. Elle est raisonnable. Assez froide. Sportive. Elle met de l'argent de côté pour ne pas dépendre totalement de ses parents et de son beau-père l'année prochaine. Irréprochable. Je ne parviens pas à reconnaître la fille que je lançais dans la piscine municipale en chantant « Les papillons en l'air / Et les fourmis par terre » et qui riait aux éclats. Mais je suis injuste. Elle ne doit pas être comme ça avec sa mère. Ni avec Jérôme. C'est un truc qu'elle réserve à son père. Loïc suit le même chemin. En pire. Il songe à devenir orthodontiste. C'est magnifique comme rêve, à seize ans, non ?

Cela dit, je rêvais de quoi, moi, à seize ans ? De rien. Je me contentais de me laisser porter par les événements. Je cueillais le jour, comme on dit. J'étais logé, nourri, blanchi, je sortais avec des filles, je passais du temps avec mes amis, je pensais que ça resterait toujours comme ça.

Éviter de soupirer.

Je m'aperçois que je soupire de plus en plus souvent. Et que je me mets à souffler aussi. Mauvais signe. D'abord, ça éloigne les autres qui vous prennent pour ce que vous êtes – un découragé d'avance. On n'adresse pas la parole à quelqu'un qui soupire tout le temps, on a trop peur d'entendre des jérémiades pendant des heures. Ensuite, ça renvoie de soi une image qu'on n'a pas trop envie de voir. D'autant que je n'ai que quarante-sept ans. Depuis peu. Il me reste au moins trois décennies à traverser. Sans soupirer. Est-ce qu'ils soupirent, les autres, là, sur le quai ?

C'est révélateur, tout ce monde, à cette heure-ci. La ville ne s'est jamais remise de la désertion de l'industrie textile et des joies de la délocalisation. Elle tente de s'orienter vers le tertiaire, les centres d'appel, le tourisme, le packaging – mais le gisement d'emplois est faible et les boulots proposés peu attractifs. Mieux vaut travailler à Paris toute la journée et subir trois heures de transport aller-retour pour gagner un salaire décent plutôt que de répondre à des horaires ahurissants aux clients d'une hotline.

Mon père travaillait à Paris à la fin de sa vie. Promotion, carrière, argent, prestige. Il avait tout mis en balance. Il avait choisi. Il ne croisait plus sa femme et ses enfants que deux heures dans la soirée et deux jours le week-end. Ce n'était qu'une question de mois ou de quelques années – et ensuite, la retraite dans le Sud, le pavillon à construire, tout était déjà tracé, prévu, placé. Un jour, il a fait une crise cardiaque – lors d'un changement de ligne de métro. Les défibrillateurs n'existaient pas. Il y a eu des appels à l'aide, des gens qui se précipitent et s'attroupent, quelqu'un qui crie « Je suis médecin ! » comme dans les plus mauvaises séries télévisées. Mais ça n'a pas suffi. Ma mère est restée inconsolable pendant trois ans, et puis elle a rencontré ce charmant marchand de vélos qui venait de divorcer. Ils ont fait de longues balades ensemble.

Je suis conscient de la répétition des destins.

Je tente de lutter.

Je me dis que marchand de vélos et docteur, ce n'est pas la même chose.

Si ?

Je me dis aussi que j'ai divorcé avant, que je ne me crèverai pas au boulot et que je ne finirai pas dans un couloir de métro. À moins qu'aujourd'hui.

Non.

Je ferme les yeux tandis que la même sempiternelle voix féminine annonce l'arrivée du train en gare. J'aimerais bien la rencontrer, cette femme. Imaginer son quotidien. Est-ce qu'elle passe son temps à enregistrer des messages du type « Le train numéro mille trois cent (pause) cinquante est annoncé avec un retard de (pause) cinq (pause) minutes » ? Comment voit-elle l'avenir ? Qu'est-ce qu'elle aime faire quand elle n'est pas au travail ?

Je me demande surtout depuis quand cette voix enregistrée avertit les voyageurs. Je me souviens d'un jour semblable. Antédiluvien. J'avais pris le même train – ou son frère jumeau. J'avais dix-sept ans. J'étais avec Mathieu. On était fin avril, pareil qu'aujourd'hui. Les vacances de Pâques. Nous étions partis dans les Landes pour quelques jours, en camping. Nous rêvions de cette semaine depuis des mois. Nous faisions baver les autres au lycée. Nous personnifions la liberté. En me laissant un peu aller, je peux retrouver le poids de la tente et du sac à dos sur les épaules. Et l'impression que le monde s'ouvrait.

La semaine avait été décevante. Le camping était désert, la station balnéaire aussi, il n'y avait rien à faire à part du vélo dans les dunes. La mer était encore glaciale et la plage n'était pas nettoyée. Il fallait faire attention aux galettes de mazout échouées. Nous étions finalement rentrés un jour plus tôt, soulagés de retrouver la compagnie, le rire, le bruit. Enfin moi, oui. Mathieu, c'est moins sûr. Il a gardé la nostalgie de ces vacances. Il est souvent revenu sur la côte landaise. Moi, la seule nostalgie que j'ai, c'est celle du départ.

Je pourrais partir aujourd'hui.

Après tout, personne ne m'attend réellement. Je disparais. Je manque un peu à mes enfants, surtout perturbés par le fait de ne pas savoir si je suis vivant ou mort. Alors je leur écris une carte postale, pour les rassurer. Ils continuent leur vie. Ils s'aperçoivent que mon absence ne fait pas grande différence. Au boulot, on s'inquiète, puis on s'insurge. Très vite, on me déclare démissionnaire et on me vire. On trouve un remplaçant plus jeune, plus actif, plus souriant. Pendant ce temps, je traverse les airs, j'atterris loin – dans un coin où le fracas du monde peut encore passer pour un zézaiement, Mongolie, Bolivie, un pays comme ça, un de ces pays que je n'ai jamais visités. J'avais des projets de voyage. Beaucoup. Et puis je ne sais pas, tout s'est enchaîné, le travail, le couple, les enfants, le divorce. Le pouvoir d'achat a connu plus de bas que de hauts. Le courage aussi. Je ne suis jamais parti bien loin. L'Espagne deux fois avec les enfants, sur des côtes bétonnées. L'Irlande, parce que Christine avait envie d'y aller – je pensais y trouver de la nature sauvage et faire des kilomètres sans croiser d'êtres humains, j'ai découvert une Mecque du tourisme européen. Florence, quand j'étais jeune.

Jusqu'à mes vingt-cinq ans, j'ai sillonné la France en train parce que, mon père travaillant à la SNCF, j'avais des réductions très importantes. Elles diminuaient significativement aux frontières. Et il n'y avait personne pour m'accompagner ailleurs. Je suis la plupart du temps resté dans l'Hexagone. Une fois à Florence, donc. Une autre à Londres. Et une semaine à Bruxelles. Maigre constat. Je n'ai même jamais mis les pieds aux États-Unis, alors que je rebattais les oreilles de tout le monde avec mes désirs d'Amérique.

Je pourrais commencer aujourd'hui.

Transformer le métro en RER. Paris en Roissy. Mathieu en reste du monde. La tête me tourne un peu. Je n'étais pas parti là-dessus ce matin.

Merde.

J'en oublierais presque de monter dans le train.

Je rêve de fuite et j'ai failli rester à quai.

La portière claque juste dans mon dos.

Je l'ai échappé belle.

J'aime entendre le bruit des portes qui claquent. Il annonce l'ouverture d'une parenthèse égoïste et jouissive. Pendant les deux heures à venir, rien ne peut vraiment vous arriver. Tout est pris en charge. Vous pouvez décider de vous plonger dans un roman ou de vous laisser bercer par la musique qui sort de vos écouteurs. Vous pouvez également vous laisser absorber par l'écran de votre ordinateur portable, mails, tableaux, chiffres, rapports, un lien direct et pourtant dématérialisé avec l'extérieur.

Je ne fais rien de tout ça. Je divague. Les trajets en train sont les rares moments où je baisse la garde. Alors que dans le métro ou le RER, non. Je suis tout le temps sur le qui-vive.

La place est libre à côté de moi.
Elle le reste.
Le train s'ébranle.
Je suis partagée.

D'un côté, je suis soulagée. C'est vrai, c'est curieux, cette proximité ferroviaire. Vous êtes à quelques centimètres d'un autre corps, d'une autre histoire, et vous savez qu'en cas de crash, votre peau sera mêlée à la sienne. Et puis on est mal assis sur les banquettes SNCF. On voudrait davantage de place. De quoi s'étendre un peu et pourquoi pas s'endormir jusqu'à l'arrivée gare de l'Est – rattraper le sommeil qui a manqué. Nous sommes tous en rattrapage de sommeil. Avec un voisin de siège, on est obligé de se tenir droit, presque comme à l'école – et quand le contrôleur passe, il suffirait de peu pour qu'on lève le doigt et réponde « présent ».

L'autre partie de mon être se révolte. Pourquoi est-ce que je suis la seule à ne pas avoir de partenaire temporaire ? Est-ce que je dégage une odeur corporelle telle qu'elle indispose d'emblée les hypothétiques prétendants ? Est-ce que je suis si laide ? Est-ce que je fais peur ? Est-ce que j'intimide ? Je vais rester là, la seule solitaire du wagon, même pas une vieille rombière pour venir empêcher mon esprit de tourner en rond ? Une vague connaissance avec qui j'échangerais quelques mots sur le temps qui passe et celui qu'il fait ?

Je me demande ce que pensent les autres passagers lorsqu'ils me voient. Une femme entre deux âges, plutôt bien conservée. Un visage un peu fermé, une bouche qui gagnerait à être plus pulpeuse, une ride profonde sur le front, deux autres aux commissures des lèvres. Maquillage léger. Vêtements bien coupés. Élégance discrète. Silhouette relativement svelte. Pourquoi ne voyage-t-elle pas en première ?

C'est simple.

Le train de 06 h 41 est un TER où les différences de confort entre la première et la seconde sont minimes. Par ailleurs, le nombre de premières est si réduit que le demiwagon qui leur est consacré est le plus souvent bondé alors qu'il reste des places en seconde. Enfin, d'habitude. Aujourd'hui, c'est le train entier qui est pris d'assaut. Ne reste que ma place orpheline. Un privilège dont je n'aurais pas bénéficié en première, où j'aurais probablement été coincée par un gros cadre supérieur aspergé de parfum qui aurait passé son temps à appeler ses patrons ou ses sous-fifres malgré la pastille « téléphone en sommeil ».

Et puis j'aime bien voyager en seconde. J'ai l'impression que là est ma place. Mon comptable en rit. Il me rappelle que *Pourpre et Lys* figure parmi les enseignes les plus en vogue. Qu'avec deux magasins à Paris, un à Bordeaux, un à Lyon, et des projets d'expansion un peu partout en France, je devrais maintenant me faire à l'idée d'être devenue une entrepreneuse. Quelqu'un qui va compter dans la décennie à venir, dans le commerce. Malgré la crise ou à cause d'elle, l'esthétique bio a de beaux jours devant elle – surtout lorsque le prix des produits reste raisonnable et que sont mis en avant le respect des traditions régionales et la protection de la nature. Des savons à découper soi-même. Des shampooings vendus dans des bouteilles réutilisables. Du papier recyclé pour la publicité. Des étiquettes claires et concises – papier kraft, nom du produit en noir, composition en dessous. Chic et sobre. Ma marque de fabrique.

Valentine et Luc commencent à s'en rendre compte, eux. Luc se retranche de plus en plus souvent dans son bureau. Une compétition s'est installée entre nous et il lutte, même s'il sait d'emblée qu'il perdra. Je gagnerai bientôt plus d'argent que lui.

Il insiste pour que nous déménagions, pour que nous retournions dans Paris intra-muros, que nous laissions derrière nous la grande maison de banlieue, son jardin, celle qui a vu grandir Valentine. Notre fille, elle, s'en moque. Elle finit son lycée et préfère rester avec ses amis pour un an encore, mais elle m'a déjà prévenue qu'elle entendait bien avoir un studio dans un arrondissement animé l'année prochaine. Les quarante-cinq minutes pour rejoindre Sucy, non merci. Luc pense également que je devrais arrêter de prendre le RER maintenant – mais c'est hors de question. Ma marque de fabrique, c'est aussi la réduction des coûts du personnel encadrant. Même si je sais que tôt ou tard, nous reviendrons au centre ; pour l'instant, l'entreprise est trop fragile – un souffle pourrait l'emporter, mauvaise gestion, concurrence, trop grande ambition. Je ne veux pas cumuler les emprunts privés et professionnels. Je reste une banquière de province. Après tout, c'est ma formation. Après les deux années de technique de commercialisation, j'étais au chômage. J'ai passé un CAP banque. Je m'imaginais derrière un guichet dans une agence, dans la ville de mes parents. Parfois, la vie nous emmène loin d'où nous pensions aller. Parfois, ce n'est pas un mal.

J'ai mis du temps.

C'est un autre de mes traits de caractère – je suis lente. Et persévérante. J'ai ruminé mon projet pendant des années. Pendant que je vivotais comme secrétaire dans un bureau d'analyste financier, puis dans une de ces multinationales dédiées aux nouvelles technologies, téléphones portables, ordinateurs, consoles. À observer les fringants représentants qui écrasaient leurs concurrents. À contempler la chute des mêmes quelques années plus tard. À rester discrète et impeccable – zéro défaut. À être l'employée modèle. À servir des chefs – des vieux dépassés par les événements et rêvant de leur retraite en Sologne, des jeunes au bord de la crise cardiaque, des chaleureux, des glaçons, des cinglants, des désinvoltes. À comprendre comment tout cela marchait. À lire aussi. Des ouvrages de commerce, de comptabilité, de marketing. Luc se moquait de moi. Il pensait que je me plongeais là-dedans pour me rapprocher de lui, de ce qu'il faisait tous les jours. Parce que Luc est un de ces cadres moyens interchangeables et vieillissants maintenant – dans une entreprise de papeterie qui délocalise à tout-va. Il n'y a même plus un site de production en France. La Hongrie, la Bulgarie, la Pologne – tout est concentré dans les pays de l'Est.

Sa grande gloire, à Luc, c'est qu'il a réussi à négocier ses horaires de façon à pouvoir amener Valentine à l'école tous les matins et à la ramener le soir, quand elle était petite. Il discutait avec les mères d'élèves, avec les maîtresses du primaire. Le chouchou de ces dames, qui s'extasiaient de voir un homme s'occuper de ses enfants. Les mêmes qui trouvent tout naturel que la mère le fasse, après tout c'est son rôle, ce n'est que justice. Je hais ces femmes – parce que ce sont en grande partie des femmes – qui font perdurer les clichés.

Et puis, il y a huit ans maintenant, tout a changé. J'ai mis le projet sur la table. Je l'ai agrémenté d'un ultimatum à mon mari – soit tu me suis, soit nous nous séparons. Je me suis laissé traiter de tous les noms, mais je savais qu'il serait à mes côtés. Parce qu'il m'aime encore. Parce qu'il admire ma pugnacité. Et parce que le projet était imparable. Les banques avaient déjà donné leur accord. La crise de 2001 était passée, celle de 2008 encore à venir. Elles avaient envie d'investir.

J'ai une belle relation avec mon mari.

Difficile, souvent – mais tenace.

Nous formons une équipe.

Nous connaissons l'autre par cœur – nous n'ignorons rien de ses faiblesses et de ses atouts. Mais nous savons encore nous surprendre. Le mois dernier, il a émis l'idée de tout plaquer pour me seconder si *Pourpre et Lys* prenait réellement de l'ampleur. C'est le verbe qu'il a utilisé, « seconder ». En souriant, il a fait acte de vassalité. Je connais peu d'hommes capables de faire ça.

Bon, apparemment, je vais rester seule. Je n'ai aucune envie de compulser les derniers chiffres et les courriers en souffrance. Je vais reprendre le livre que j'ai acheté à la gare vendredi, à l'aller. Une espèce de saga familiale en Allemagne du Nord. Pas de quoi fouetter un chat – mais c'est reposant. Et c'est ce dont j'ai besoin ce matin, de repos. Je rentre de week-end et je suis épuisée. Ce n'est pas paradoxal. C'est ma vie.

Ah tiens, il y en a un qui cherche une place. Avance un peu. S'arrête. Jette un coup d'œil. Hésite. Reprend son chemin. Se retourne de nouveau. Je ne le fixe pas. Je détecte ses mouvements à la périphérie de mon regard. Pendant un moment, je crois que j'ai gagné, que mon indifférence a bâti un mur invisible contre lequel sa soif de confort se brise. Mais non. Un raclement de gorge discret et sa voix, un peu enrouée. « Excusez-moi, il y a quelqu'un à côté de vous ? » Toutes ces phrases idiotes que nous prononçons chaque jour. Je secoue la tête et soupire, pour bien montrer à quel point il me dérange. Je pousse mon sac et m'autorise cette fois à le regarder en face.

Catastrophe.

Un peu plus avec mes conneries, et je passais le voyage debout – ou assis sur une fesse en face des toilettes.

Cela dit, j'ai hésité.

Parce que, quand je me suis rendu compte que la seule place qui restait, c'était à côté de Cécile Duffaut, j'ai eu un léger vertige, comme une héroïne d'un roman du XIXe siècle, je me suis répété, non, ce n'est pas possible et j'ai eu envie de passer dans la voiture suivante.

Je suis pratiquement sûr qu'elle ne m'a pas reconnu. Parce que je ne suis guère reconnaissable. La dernière fois que nous nous sommes parlé, c'était il y a vingt-six, vingt-sept ans, un truc comme ça – de la préhistoire, je me demande si je me reconnaîtrais si je venais à me croiser à l'époque. Je suis tombé sur des photos de ce temps-là le mois dernier en rangeant, et j'ai eu du mal à me « remettre », comme on dit. Et à m'en remettre aussi. J'ai tendance à oublier que je n'ai pas toujours eu ce ventre de buveur de bière que je ne suis pas, ces cheveux bien plus blancs que bruns avec une nette tendance à la calvitie et cette mollesse générale dénotant une absence totale d'exercice physique.

Elle aussi a changé, mais, comment dire ça sans être vexant, « en bien ». C'est ça, elle a changé en bien, parce qu'elle était très quelconque Cécile Duffaut à l'époque et maintenant, regardez-la, c'est une belle femme, comme on dit, qui n'accuse pas encore tout à fait son âge. Un brin sévère tendance directrice d'école, mais vraiment jolie. En fait, elle n'est sûrement pas plus reconnaissable que moi, sauf que moi, de loin, j'ai suivi sa transformation. Je l'ai aperçue au centre-ville de temps en temps, toutes ces années – je prenais bien garde de ne pas croiser ses yeux, voire carrément de changer de trottoir ou d'itinéraire. Je passais inaperçu. Si elle m'a remarqué, elle n'en a jamais rien laissé paraître. J'ai vu le chemin qu'elle parcourait. Et puis j'en ai entendu parler aussi. Par une femme que j'ai rencontrée après mon divorce, et qui était au lycée avec nous. Les parents de cette femme – Lucile ? Lucie ? – et les parents de Cécile Duffaut étaient amis. Il me semble qu'elle est dans le commerce. Qu'elle est mariée. Qu'elle a une fille. Mais bon, c'était il y a longtemps, alors il se peut que ça ait changé tout ça. Elle est peut-être divorcée trois fois, homosexuelle militante, avec huit enfants adoptés au Malawi – et elle dirige une entreprise en ligne de combats de catch féminin.

En tout cas, elle revient parfois voir ses parents le week-end. La dernière fois que je l'ai aperçue, ce devait être l'année dernière. Elle était avec un type grand et mince. Ils soupesaient des melons. C'est poétique, la province.

C'est bizarre, comme situation.

Qu'est-ce qu'on est censé faire dans ces cas-là ? Se présenter avec une phrase téléphonée du style « Je crois que nous nous sommes déjà rencontrés » ? Opter pour l'indifférence et feindre la surprise si l'autre se décide à faire le premier pas « Cécile Duffaut ? Pas possible ! Désolé, j'étais absorbé par autre chose, enfin je n'ai pas… enfin… vous comprenez, c'est-à-dire… tu comprends… » et faire des gestes vagues avec les mains et les bras, jouer avec les points de suspension que l'autre doit compléter à coups de « bien sûr », « tu m'étonnes ! » ou « j'imagine ! », tous ces mots qui ne servent à rien, jamais, j'en ai assez de tous ces mots qui ne servent à rien.

Ou alors, jouer l'Alzheimer profond, non, je ne vous reconnais pas vraiment, vous n'existez pas pour moi, vous êtes juste ma voisine anodine dans un train anodin qui commence à prendre de la vitesse, pourquoi vous accorderais-je plus qu'une inattention polie ?

Voilà.

C'est ce que je vais faire.

Prétendre que je ne la connais pas – d'ailleurs, c'est vrai, au fond, trois ou quatre mois à sortir ensemble il y a vingt-sept ans, ça signifie quoi ? Rien, rien du tout. Elle, de son côté, n'a aucune réaction. Elle ne se souvient pas de moi. Tant mieux, d'ailleurs. Je dois me rappeler ça : la plupart des gens ont une touche « supprimer les fichiers » sur laquelle ils appuient à un moment donné, quand leur cerveau est au bord de l'ébullition après des malentendus, des trahisons, des hontes, des blessures – et là, des pans entiers d'existence disparaissent, les visages, les noms, les adresses, les couleurs, tout passe à la trappe, direction les égouts de l'inconscient. Bien garder ça en tête. Cécile Duffaut a tout oblitéré. Elle a continué sa vie, et elle va très bien. C'est un soulagement. Je ne me vois pas lui parler. Ce serait embarrassant. Avec Londres et tout le reste. Ça tombe bien. J'ai d'autres choses à penser. Plus importantes que Cécile Duffaut.

Des problèmes qui m'affectent directement. Qu'il faut que je trie. Il faut que mon cerveau devienne une gare de triage.

D'abord, Manon.

Comment est-ce que je peux lui expliquer que le garçon avec qui elle sort, ça ne va certainement pas durer toujours ? Qu'il est inutile de tirer des plans sur la comète ? D'imaginer qu'après l'été, quand elle sera à Reims et que lui restera à Troyes, la relation perdurera ? Et tant mieux, parce qu'il passe son temps collé sur son écran, il va suivre des études d'informaticien, un mari informaticien, ce n'est pas ce dont on rêve pour ses enfants. Enfin, pas moi. Mais si je me mêle de ses amours, elle va monter sur ses grands chevaux. Elle va reparler du divorce. De ma vie sentimentale depuis. Du fait qu'elle n'a jamais fait aucun commentaire. Et ajouter que, question profession, un vendeur en télévisions et hi-fi n'est peut-être pas ce qu'on peut rêver de mieux pour son père.

Soit.

Ne rien dire.

C'est mieux.

Essayer de se souvenir comment c'était, l'intrusion des parents dans notre vie amoureuse.

Oh, mon Dieu.

Ma mère.

Quand elle rencontrait mes fiancées temporaires, son visage se coupait en deux. Avec le bas, elle souriait, montrait ses couronnes en métal sur les côtés, babillait – extrêmement agréable, trop évidemment. Avec le haut, elle humait, elle scannait – la dureté de son regard à la recherche de la moindre imperfection. Et ses sourcils. Ce sont eux qui donnaient les indications – appréciation, dégoût. Je connaissais son langage corporel par cœur. J'en avais la nausée.

Et à table, le soir, les commentaires.

Ou plutôt, les flèches. La lapidation par les mots. Les comparaisons. Mieux que la dernière, moins bien que celle d'avant. Je voyais les notes mentales qu'elle attribuait. Elle était restée bloquée sur l'une de mes premières conquêtes qui voulait devenir institutrice et, pour ma mère, institutrice, c'était le meilleur métier possible pour une femme – de quoi assurer une certaine indépendance, un logement de fonction qui est toujours le bienvenu, et puis surtout les mêmes vacances que les enfants, ce qui règle une fois pour toutes les problèmes de garde, « parce qu'il ne faut pas croire que je serai toujours là pour m'occuper de tes enfants ».

Je l'ai bien retenue, cette leçon. Et elle l'a tout de suite appliquée quand Manon est née. Christine était prof. Nous n'avions donc pas de problème de garde. Impeccable. Elle avait sa vie à mener avec son marchand de vélos. Elle a même poussé le bouchon assez loin : je crois que Manon et Loïc n'ont dû rester dormir chez elle – chez eux – que deux ou trois fois. Ma mère et son nouvel homme ont été extrêmement désagréables avec eux – du coup, les enfants n'ont jamais souhaité passer du temps avec leur grand-mère.

On a les parents qu'on peut.

Je cherche.

Je me demande si Cécile Duffaut a rencontré ma mère. Non. Je ne crois pas. Quand nous étions ensemble, j'avais vingt ans. J'étais en fac. Je venais d'emménager dans un studio à Paris que ma tante me louait à un prix défiant toute concurrence – un arrangement familial. Elle m'avait prévenu que ça ne durerait pas éternellement. Mes cousins entraient au lycée. Bientôt, ils réclameraient leur indépendance – et l'appartement était si petit qu'il était impossible d'envisager un partage de la surface.

C'est quelques semaines après que j'ai rencontré Cécile Duffaut. À un anniversaire. Je ne sais pas exactement pourquoi je suis sorti avec elle. Par désœuvrement, je crois. Ce n'est pas glorieux. Être jeune n'a jamais empêché d'être con. Ça a duré, quoi ? Trois mois ? Quatre au plus. Et encore, nous nous voyions surtout le week-end. Je logeais à Paris, elle à Troyes. Rien de renversant. Ni même de marquant. À part notre semaine à Londres. Nous avions pris le train, un matin.

C'est vraiment curieux de se retrouver dans le même lieu, vingt-sept ans après. Et de ne pas s'adresser la parole. C'est peut-être à moi de briser la glace.

Non.

C'est ridicule.

De quoi parlerait-on, d'abord ?

Et puis ce n'est pas de parler dont j'ai besoin.

C'est de réfléchir.

De trier.

Manon, c'est fait. Statu quo.

Mathieu, maintenant.

Non, je n'ai pas besoin de penser à Mathieu. Je vais le voir dans quelques heures. Je vais m'en occuper. Comme depuis deux mois. C'est normal. Je suis son meilleur ami. Enfin, je suis son ami. J'étais son meilleur ami il y a longtemps. C'est compliqué. Lui, il a déjà dû rencontrer Cécile Duffaut deux ou trois fois. Mais il n'était pas là le soir où notre histoire a commencé. Je crois que s'il avait été là, rien ne se serait passé. Je me demande s'il se souvient d'elle. Il faudra que je lui demande tout à l'heure. Cela fera au moins un sujet de conversation. C'est précieux, parfois, les sujets de conversation anodins. Légers. Sur lesquels on peut rire et broder sans se disputer. Des bulles de savon. Ce que j'aimerais faire avec Mathieu, ce sont des bulles de savon. Je pourrais lui parler de la maison aussi. Mais la maison, Mathieu, cela ne l'intéresse pas. C'est une partie de ma vie à laquelle il n'a pas assisté. Il n'est jamais venu, quand j'habitais avec Christine. Nous étions loin l'un de l'autre. C'est avec la séparation que nous nous sommes rapprochés.

La maison.

Il y a enfin un acheteur. Un artisan qui veut tout casser là-dedans, redonner du « volume » à ces pièces qui ont du « potentiel » mais qu'on sent « écrasées par les coloris des papiers peints ». Les artisans s'expriment comme dans les émissions de décoration à la télévision désormais. Pour un peu, ils ne seraient plus maçons ou électriciens, mais paysagistes d'intérieur.

Nous devons discuter le prix – mais je sais d'avance que je céderai. Je serai tellement content de m'en débarrasser, de cette baraque. Je me demande pourquoi j'ai tenu à racheter la part de Christine après le divorce. Je disais que c'était pour les enfants, pour qu'ils puissent toujours venir dormir dans les lieux de leur enfance. Une grande illusion. D'abord parce qu'elle était bien trop chère pour moi seul et que je me suis retrouvé endetté jusqu'au cou. Ensuite parce que les enfants trouvaient le pavillon de Jérôme plus à leur goût – moins de meubles, plus d'espace, un grand terrain. Et la possibilité d'une piscine. J'aurais dû m'en défaire plus tôt – mais c'est comme tout. Je retarde. Je remets au lendemain. Il y a longtemps que les enfants sont partis et c'est seulement cette année que j'ai décidé de la mettre en vente.

Je ne sais pas encore où j'irai. Je prendrai une location au début. Possible même qu'en fin de compte, je cherche un autre emploi, ou que je demande une mutation. Dans le Sud-Ouest par exemple. Qu'est-ce qui me retient ici ? Mes parents ? Ils comptent surtout sur mon frère aîné pour les aider dans leur vieillesse.

Oui.

Vendre la maison et partir. Bonne idée. Une idée qui donne un peu d'éclat au train du matin, en tout cas. Je ne peux pas m'empêcher de sourire. Pour un peu, je me retournerais vers Cécile Duffaut et j'entamerais la conversation.

C'est ce que je ferais si je n'étais pas moi.

Catastrophe.

Philippe Leduc.

Si on m'avait dit.

Je pourrais changer de place. Je suis de ces personnes-là. Celles qui peuvent se lever, reprendre leurs affaires sans un mot et s'assurer à l'autre bout du train qu'elles vont passer un trajet tranquille. Je suis capable, par exemple, dans un restaurant, de répondre au serveur, qui vient par routine demander si tout se passe bien, que non, c'est lamentable, que la nourriture est infecte et que je tiens à voir le cuisinier pour qu'il la goûte lui-même. Le type même de la cliente pénible.

Mais là, non. Impossible. C'est comme si mes pieds étaient vissés au sol. Je suis un soldat de plomb. Incroyable. Je me retrouve dans la peau de l'adolescente que j'ai été. Et ça m'énerve. Surtout que j'avais bien envie de me replonger dans ce roman et de vivre le Paris-Troyes comme une parenthèse, une grande inspiration avant les turbulences de la semaine.

C'est insupportable.

Ce que je ressens maintenant, c'est de la haine pure. Et ça me stupéfie. Parce que ça ne m'arrive jamais – et surtout pas envers quelqu'un que je n'ai pas vu depuis, quoi, vingt-cinq ans, au bas mot. Vingt-sept, en fait. Je ne peux pas m'empêcher de lui jeter des coups d'œil à la dérobée. Son profil. Sa silhouette. Mon Dieu. C'est impressionnant. Il ne se ressemble pas du tout. Parce que j'ai gardé un souvenir assez précis de ses traits, mine de rien. C'est curieux, parce qu'il y a des pans entiers de mon existence dont je me souviens à peine, des gens qui ont bien plus compté que Philippe Leduc dont je ne parviens pas à me rappeler le visage, mais lui, je le vois bien. Si je ferme les yeux – à la fête, au fond du jardin. Ou dans le grenier, ensuite. Dans la chambre d'hôtel, à Londres. Des instantanés comme ça. Il faut que je les évacue.

Quand j'ouvre les yeux et que je tourne un peu la tête vers la droite, c'est un cataclysme. Il est méconnaissable. Vieux, d'abord. Ridé. Affaissé. Les épaules tombantes. Le ventre proéminent. Une espèce de barbe. Le genre d'homme envers lequel la première chose qu'on ressent, c'est de la pitié. Parfaitement.

Eh bien.

Si j'avais su un jour que j'éprouverais de la pitié pour Philippe Leduc, j'en aurais ri. De la haine, oui. Mais mélangée à de la compassion, certainement pas. Si je l'avais appris, cela m'aurait fait beaucoup de bien. Au moment de la rupture, il faudrait pouvoir avoir un aperçu de l'autre des années plus tard. Dans les trois quarts des cas, on cesserait de pleurer et de se lamenter sur son sort. Le rire serait salvateur. Même si je ne me suis pas lamentée sur mon sort. Il y a eu un blanc juste après. Une inertie des sentiments. Une brume. Une redéfinition des rôles. Et dans le train qui me ramenait en France, soudain, la haine. Une sensation vorace en moi, comme je n'en avais jamais connu. L'envie de déchiqueter.

C'est elle qui ressurgit maintenant – mais elle n'est pas intacte. Elle se heurte à cette silhouette avachie, qui a tellement perdu de sa superbe. Elle s'émousse. Elle se teinte de mépris.

Philippe Leduc.

Si tu savais.

La dernière fois que j'ai pensé à Philippe Leduc, je venais de rencontrer Luc. Nous nous marchions dessus dans un studio du XVIIIe arrondissement, à Lamarck-Caulaincourt. Nous adorions cela. Nous venions de passer un week-end dans la baie de Somme. Nous commencions à nous dire que la vie, ensemble… Nous laissions traîner des points de suspension que nous complétions chacun à notre façon. Luc devait croire que je les peuplais de nuages blancs sur ciel bleu, d'enfants poupins et réjouis et de maternité heureuse – honnêtement, il y avait un peu de ça, mais pas seulement. Il y avait surtout cette fille qui marche droit et qui jette un regard ironique et légèrement cruel sur ce qui l'entoure. Je ne l'aurais jamais avoué, évidemment.

Nous étions sur l'autoroute. Luc avait fermé les yeux. À la radio, ils ont passé le *Heartbreaker* de Dionne Warwick et instantanément, je me suis retrouvée à Londres. Dans ce Londres d'été, les fenêtres ouvertes, les jardins et les parcs à l'herbe jaunie, il avait fait chaud, très chaud, on ne reconnaissait plus l'Angleterre, des scientifiques illuminés clamaient que c'était le début du réchauffement climatique, la fin de l'humanité, Armageddon. Dans ce Londres où je marchais la nuit, et où se dessinaient les chemins que j'allais prendre. Dans ce Londres que Philippe Leduc avait pollué à vie. Je savais que je ne reviendrais pas dans cette ville à cause des souvenirs nauséabonds, et c'est ça qui me mettait le plus en colère – savoir qu'un endroit qui me plaisait me serait interdit. Je n'y suis jamais retournée. J'ai des fournisseurs en Grande-Bretagne, bien sûr – après tout, c'est là qu'a germé l'idée des magasins –, mais j'ai délégué les contacts avec eux à Amy parce qu'elle est anglophone et que c'est tout naturel.

Dans la voiture, ce jour-là, alors que je voyais le profil de Luc et celui de mon existence à venir, alors que je n'avais jamais vraiment repensé à Philippe Leduc parce que les images me dégoûtaient, ce jour-là, je lui ai fait face mentalement. Et je n'étais pas aussi carrée et cinglante que je l'aurais voulu. Parce qu'une partie de moi se demandait ce qu'il devenait et s'il lui arrivait de se regarder dans une glace en se rappelant Londres. Que cette même partie de moi était persuadée que c'était un immense gâchis. Qu'en fait, nous aurions pu nous entendre. Qu'il aurait pu être à la place de Luc dans la voiture. Que les hommes que je rencontrais étaient interchangeables.

L'idée même était atroce.

Je l'ai balayée d'un revers de la main – et Luc a ouvert les yeux. Il m'a demandé ce qui se passait. J'ai bredouillé : « Rien, j'ai des papillons noirs devant les yeux. » Nous nous sommes arrêtés sur l'aire d'autoroute suivante et il a repris le volant.

Cela m'amuse aujourd'hui.

J'observe Philippe Leduc, en douce. Je m'habitue à son nouveau physique. Si je l'ai reconnu du premier coup d'œil, c'est qu'il ne doit pas avoir tant changé que ça. C'est sûr, il a beaucoup perdu. Il a l'air terne. Ce qui séduisait à l'époque, c'était cette étincelle. Pas seulement dans le regard. Dans les gestes. Dans sa façon de rire. Dans le velouté de sa peau. On se disait que ce gars-là allait faire de votre vie une fête. Je ne sais pas d'où il tenait ça – l'absence du malheur, peut-être. Quelqu'un qui, à vingt ans, n'avait pas à se plaindre. Un physique avantageux, des parents qui lui cédaient pas mal de caprices, un frère aîné bien plus aîné et donc indépendant, des amis en veux-tu en voilà. Pas d'aspérités. Peu d'égratignures. Il y a des gens comme ça, qui traversent les années en flottant, il faut attendre les premières déconvenues sentimentales ou professionnelles, la mort d'un parent ou d'un ami, et tout se fissure.

Là, il est quand même bien fissuré.

Il était très populaire au lycée, Philippe Leduc. Nous n'étions pas dans la même classe, mais je l'avais repéré. Certaines filles autour de moi en parlaient. Les commentaires étaient loin d'être tous positifs. Notamment une rousse qui était sortie avec lui : un fiasco total. Elle clamait partout qu'il était abject. Nous hochions la tête, mais dans notre for intérieur, nous pensions que c'était l'amertume qui la faisait parler ainsi. Nous étions sûres qu'avec nous, cela aurait été différent.

Je n'étais qu'à la périphérie de ce groupe. Je n'envisageais pas Philippe Leduc comme une proie potentielle. Je n'avais pas de proie potentielle. J'étais lucide. J'étais une fille assez peu attirante, des cheveux bruns qui graissaient vite et que je ne parvenais jamais à dompter vraiment. Un visage quelconque. Je ne faisais pas d'efforts non plus. Je n'avais pas envie de plaire. J'avais eu des relations avec deux garçons plus ou moins empotés. Des perdants de ma trempe. J'avais perdu ma virginité sans trop de douleur, mais sans aucun plaisir.

Le lycée n'est pas un bon souvenir. C'est après que j'ai noué des attaches plus profondes. Sur mon chemin, deux ans après la terminale, il y a eu Philippe Leduc.

La dernière image que j'ai de lui. Sa petite gueule d'ange que j'avais envie d'exploser. Tout mon être tendu pour paraître calme. Et les instantanés des jours précédents. Son bracelet de corde au poignet gauche. Les muscles fins de ses bras. Ses cuisses. Ses fesses. J'en ai encore une idée très précise. Je me mords les lèvres pour ne pas rire. S'il se rendait compte, Philippe Leduc, comme je suis en train de mater son cul d'il y a vingt-sept ans, il hallucinerait. Je me mets à parler comme Valentine.

Je n'ose pas imaginer ses fesses aujourd'hui.

Elles ont dû prendre le pli du reste – un affaissement. Une lassitude. Du coup, j'ai envie de me regarder dans un miroir. Pour vérifier que je ne suis pas une telle catastrophe.

C'est ce que j'avais fait le lendemain de la fête où nous étions sortis ensemble, lui et moi. Je me revois très bien. Nue dans la salle de bains. En train de me détailler, sans aucune complaisance. Je ne comprenais pas ce qu'il me trouvait. Parce que j'étais très lucide. Les filles, quand j'étais au lycée, m'avaient beaucoup aidée. Elles me trouvaient moche. Pas laide, non, juste moche. Sans aucun éclat. Un insecte. Je savais qu'il avait beaucoup trop bu lorsque nous nous étions parlé dans le jardin. Que l'alcool était dans son sang quand nous nous étions réfugiés au grenier, loin des autres. Nous pensions découvrir des toiles d'araignées, des vieux jouets, des armoires de vêtements délaissés – nous avions trouvé un véritable deux-pièces, avec lit, fauteuils, table basse. Nous étions restés un moment interdits. Il me tenait la main. Nous nous demandions si nous oserions violer ce décor qui n'était ni le nôtre, ni celui du garçon qui nous avait invités – mais celui de ses parents. C'était comme de rentrer de plain-pied dans l'âge adulte.

Nous l'avons fait.

Le lendemain, devant la glace de la salle de bains, je retenais mes sentiments. Je me répétais que j'avais eu beaucoup de chance. Qu'il ne fallait pas que j'espère. Qu'il ne me téléphonerait pas. Qu'il valait mieux que j'oublie. C'était toujours ma ligne de conduite lorsqu'il m'a emboîté le pas, le vendredi suivant, à la sortie de l'IUT. Il voulait parler. S'excuser. De ce qui était arrivé la semaine précédente. J'ai haussé la tête. J'ai dit : « Pas de souci. J'en avais envie. Et de toute façon, je n'y pense plus. » Il était estomaqué. Personne ne le traitait comme ça, Philippe Leduc. Il est revenu à la charge. Je l'avais ferré. Ce n'était pas calculé de ma part. Cela n'aurait jamais marché. Il m'a prise par le bras. Je lui ai fait face. J'étais extrêmement sérieuse. J'étudiais son visage. Je le décortiquais comme un de ces bilans d'entreprise sur lesquels nous planchions, en économie.

C'est lui qui a fondu le premier.

Nous sommes devenus une sorte de couple.

Une sorte de. Parce que nous ne nous retrouvions que le week-end, en dehors des périodes de vacances. Je suis allée à deux ou trois des soirées parisiennes que donnaient ses camarades de fac. Je restais très discrète. Il faisait le beau. Beaucoup se demandaient ce que nous faisions ensemble, mais en même temps ils ne posaient pas vraiment de questions, de toute façon, les couples, à vingt ans, ça va, ça vient. Nous serions bientôt de l'histoire ancienne.

C'est lui qui a voulu aller à Londres.

Je me souviens de ce moment-là. Nous étions au café *Les Trois Amis*, à quelques encablures de chez mes parents. Je suis repassée devant ce bar ce week-end, en amenant ma mère à la boulangerie qui n'en est pas une. Le lieu n'a pas changé. Les mêmes tables en fer forgé, dehors, dans la petite cour en gravier. La véranda repeinte en vert. La salle qu'on devine, au fond – un peu trop sombre. Ma mère a remarqué mon regard. Elle semblait satisfaite de m'annoncer que le café avait récemment été mis en vente par les patrons, qui prenaient leur retraite. J'attendais qu'elle continue sur sa lancée, qu'elle persifle, qu'elle espère que ce lieu de débauche et de jeunesse soit rayé de la carte parce qu'il y avait toujours des problèmes, du bruit, des concerts, des gens saouls – mais là, elle a lâché un petit soupir et elle a dit qu'elle aimerait bien que ça reste un bar. « C'est bien, ça fait de l'animation dans le quartier, tous ces jeunes, c'est amusant. » Les bras m'en sont tombés. Ma mère détestait que je fréquente *Les Trois Amis*.

J'ai pensé à la vieillesse. Aux changements. À l'ennui de la répétition des mêmes gestes.

Je lui raconterai peut-être que j'ai pris le train avec Philippe Leduc.

Non.

Elle ne se souviendrait pas de lui. Elle ne l'a vu qu'à deux ou trois reprises.

Pourtant, il lui avait fait grosse impression. Elle trouvait que pour une fois, hein, Cécile, elle nous ramène un gars qui présente bien. Qui a de la prestance. Et très poli avec ça. Il faut dire que Philippe, c'était le gendre parfait. Souriant, détendu, gentil avec les personnes âgées, ouvrant la porte des voitures aux dames, bien élevé. Étudiant l'anglais, une langue d'avenir, sans pour cela se vanter de ses connaissances. Des amis partout. Le jeune homme qui chatouille les enfants et fait rire les grands-mères dans les réunions de famille.

Moi, je trouvais qu'il en faisait trop.

Je savais ce qui me poussait à rester avec lui. La vanité. Se promener au bras d'un bel homme. Montrer aux autres que c'est possible, quand on est insignifiante, de parvenir à ça. J'étais consciente que nous n'allions nulle part et que tout cela allait vite se terminer. Mais pas comme ça. Non, pas comme ça.

Je suis sûre que ma mère se demandait aussi par quel miracle nous nous trouvions dans les bras l'un de l'autre – ne serait-ce que pour quelques mois.

Le sexe. J'aurais dû lui répondre ça – rien que pour voir sa tête. Et parce que c'était une partie de la réponse. Je le rassurais, Philippe Leduc.

Au lit, il perdait de sa superbe. Il était maladroit. Au bord du fiasco, très souvent. Et coincé aussi. Incapable de se promener nu dans une chambre. Je n'ai jamais su d'où ça venait. À un moment, cela m'aurait intéressée de comprendre, mais nous n'étions pas assez intimes. Ensuite, cela n'a plus eu aucune importance.

Mais j'aimais bien le rassurer. Me coller à son dos, sans dire un mot. Parler, c'était le pire – je le sentais. Alors je posais ma main entre ses cuisses et mes lèvres sur ses omoplates. Je restais immobile. Je fermais les yeux. J'imaginais tout ce qui pouvait lui passer par la tête – des bribes de discussions, des vantardises de vestiaire, des instantanés de films pornographiques, et d'autres éclats de rêve, catastrophes ferroviaires, noyades, incendies. Et puis, tout doucement, le calme revenait. Souvenirs d'un lac d'un bleu profond dans les montagnes. De marches le long de l'océan. Lentement, entre mes doigts, il reprenait de la vigueur. Je sais qu'il appréciait ça, chez moi. Ma discrétion. Ma patience. Ensuite, je prenais la direction des opérations, toujours avec douceur. C'est de ça dont il avait besoin, de douceur. C'est pour ça que notre histoire a duré quatre mois et pas quatre jours. C'est aussi pour ça que je lui en ai voulu, après.

C'est malin.

Maintenant, je vois très nettement ma main sur son sexe, il y a vingt-sept ans. Alors qu'il est à côté de moi, et que je feins de ne pas le reconnaître. C'est ahurissant, parfois, les détours de l'existence. Je me sens bien dans cette vision-là. Je préfère ne pas me tourner vers lui et faire face à ce qu'il est devenu. J'aime mieux rester sur l'impression colorée de son corps jeune. Ma tête appuyée à la vitre sale du wagon. Ne me dérangez pas, je dors. C'est doux. C'est incroyablement doux.

Londres. C'est normal que je pense à Londres. La première fois que j'y suis allé, c'était avec Cécile Duffaut. J'avais mes réductions SNCF, elle y avait travaillé l'été précédant notre rencontre et n'avait presque rien dépensé. C'était tout elle, ça. Économe. Mesurée. Des valeurs qui n'en sont pas quand on a vingt ans et qui le deviennent petit à petit. J'admire encore ceux qui peuvent claquer un salaire en une soirée au casino ou qui abandonnent tout pour se réinventer au bout du monde. Sauf que je sais maintenant que je n'ai jamais été de ceux-là.

Je crois que c'est moi qui avais parlé de Londres. Je faisais des études d'anglais mais je n'avais jamais mis les pieds en Angleterre – même pour un voyage scolaire de trois jours. Deux jours avant le départ, en 4e, je m'étais foulé la cheville au basket, j'en étais resté terriblement frustré.

Elle avait dit oui tout de suite. Un petit oui discret, le regard collé aux chaussures, mais un oui ferme quand même. Je me souviens que j'avais été étonné. Je croyais qu'elle faisait partie de ces filles qui préfèrent les villages de Corrèze ou l'arrière-pays provençal pour se retrouver en tête à tête avec leur amoureux. Elle avait ajouté que voyager, c'était l'un de ses plus grands besoins. Élargir les horizons. Respirer un peu. Je l'écoutais et je me disais qu'elle était pleine de surprises.

Nous vivions à une époque où prendre l'avion restait exceptionnel et où se réveiller à New York ou à Tokyo semblait hors de portée. Les ordinateurs n'étaient qu'expérimentaux, personne n'imaginait un jour pouvoir se passer des cabines téléphoniques. En contrepartie, l'avenir semblait infini et la planète éternelle.

Elle a dit qu'elle aimerait bien, elle aussi, aller à Londres, et nous avons organisé ça. C'était étrange de planifier une semaine de voyage avec une fille qu'on désirait larguer. Mais je n'étais pas à une incohérence près. Et ce qu'il y avait de perturbant avec elle, c'est que chaque fois que je me résolvais à lui annoncer que stop, ça va maintenant, elle esquissait un pas de côté qui me révélait une partie cachée de sa personnalité. Elle était imprévisible. Ce n'était pas une qualité que j'avais souvent rencontrée. Elle était quelconque, mais elle avait un souffle. C'était rafraîchissant. C'est ignoble de raisonner comme ça. Je n'ai jamais prétendu être un ange. J'espère quand même que je me suis arrangé, avec le temps.

Il y a moins de place pour la surprise à quarante-sept ans. On est embarqués dans un quotidien qui nous dépasse – couple, divorce, enfants, travail, vie sociale, obligations. Seules les insomnies parfois nous libèrent, en nous révélant la vanité de ce que nous entreprenons. Mais je parle pour moi. Je ne sais pas quelle est sa vie. À part qu'elle rend visite à ses parents de temps à autre et qu'au retour, elle est obligée de prendre le train de 06 h 41.

Londres s'attarde.

Ce Londres-là. Celui du début des années quatre-vingt. Rien de réellement inspirant. Les punks avaient vécu, le thatchérisme transformait les mentalités mais pas encore les rues, la capitale était entre deux eaux. Ni swinging comme elle l'avait été. Ni vitrine commerciale et financière comme elle est devenue. Elle se cherchait. C'est peut-être pour ça que je m'y sentais si bien. J'ai beaucoup aimé Londres. J'ai vu un reportage l'année dernière sur les nouveaux quartiers le long de la Tamise. Je n'ai rien reconnu.

Le genou de Cécile Duffaut.

Je le revois soudain.

Dans un bus à impériale.

Nous sommes au deuxième étage. On peut encore y fumer. Le soleil est insolent au-dessus de la ville. Nous roulons quelque part au nord de Regent's Park, vers Primrose Hill. Nous revenons de Camden. Elle a appuyé son front sur la vitre. Elle se laisse absorber par les rues, les immeubles, les taxis, le bouillonnement.

Je ne vois que son genou.

Son genou qui dépasse d'une jupe rouge. Ce n'est pas un genou de femme. C'est un genou de petite fille, qu'on imagine facilement couronné, mercurochromé, sparadratisé. Un genou qui rencontre des gravillons, du bitume, le bord du trottoir. Un genou sans grâce. Je m'énerve contre ce genou. Il concentre tout ce que je déteste chez elle – le manque d'apprêt, l'ordinaire, le mal dégrossi. Je m'énerve d'autant plus que je me sens coupable. Je sais que je me conduis mal depuis quelques jours. Que je gâche l'existence de la petite fille aux genoux couronnés. Et ses souvenirs. D'avance. Je m'en veux. Et plus je m'en veux, plus je suis sûr de moi. Nous devons rompre. Ce devrait être fait depuis longtemps. Je ne sais pas ce qui m'a pris. Dans ma mémoire, son genou est laid. Pataud. Bancal. Je me demande ce qu'il en est réellement.

Et aujourd'hui.

Je devrais lui demander de me montrer ses genoux.

N'importe quoi.

Il faut que j'arrête de penser à des choses pareilles. De toute façon, elle dort, dans la même position que dans le bus de Londres. Elle a l'air fatiguée. J'imagine que les week-ends avec les parents ne doivent pas être de tout repos. Ma mère et son marchand de vélos, je les vois à peine. Ils sont tout le temps en vadrouille. Ils font partie de cette génération que je me prends à détester. Ceux qui ont traversé les Trente Glorieuses et qui n'ont rien subi de plein fouet. Peu de souvenirs de la guerre – ils sont nés pendant ou juste après, ont grandi avec la foi dans le développement du capitalisme, de l'amélioration du niveau de vie, du confort, de la médecine, du plein emploi. Marchaient tous ensemble vers un avenir radieux fait de machines à laver et de frigos. Un peu trop vieux pour 68, mais ont accueilli à bras ouverts les révolutions culturelles et sexuelles. Appartement, puis pavillon, retraite à soixante ans, longue espérance de vie, comptes d'épargne – débarrassés de leurs enfants, maintenant ils arpentent le globe et se moquent bien de la destruction de l'environnement. Savent que tout se dégradera après eux. S'en moquent.

Ma mère et Véloman passent des week-ends à Barcelone ou à Venise. S'inscrivent à des croisières où ils jouent au Scrabble en écoutant un orchestre et les hymnes des années soixante. Découvrent l'Europe de l'Est en car et se disent oh comme ça a dû être dur pour les Allemands de l'Est, les Tchèques, les Slovaques, les Lituaniens, horrible, horrible, horrible – et retournent dîner dans leur palace à prix cassés en se plaignant du personnel qui ne parle pas français.

Je les vois rarement, ces deux-là. Aux dernières nouvelles, Véloman a acheté une moto – grande révolution. Ils hésitent en planifiant leur premier trajet sur le nouvel engin, Collioure ou l'Aquitaine ?

Le dos de Mathieu. Nous avons dix-huit ans, bientôt dix-neuf. Nous sommes tous les deux sur sa moto. Ses parents lui en ont trouvé une, d'occasion. Je suis très jaloux… En deux-roues, je ne suis jamais allé plus loin que le 103 SP bleu métallisé que je me suis fait voler au bout de deux mois, et que mes parents n'ont jamais voulu remplacer – « tu n'as qu'à prendre le Solex de ton père, à la place ». Mathieu roule vite. Il va bientôt partir pour l'Allemagne – le service militaire. Il n'a pas entrepris d'études supérieures. Il ne sait pas vers quoi se diriger. Il pense au théâtre, mais on lui répète partout que ce n'est pas vraiment un métier. Récemment aussi, un metteur en scène amateur lui a assuré qu'il n'avait le physique d'aucun emploi. Trop pataud. Trop lourd. Il est aux abois. C'est l'automne. Nous nous perdons sur des routes de campagne, Mathieu et moi. C'est une parenthèse. Plus rien n'a d'importance. Je devine que lorsqu'il reviendra, nous suivrons des voies divergentes. C'est la dernière fois, sans doute, que nous sommes aussi proches. Je suis persuadé que quelque chose va se produire, flaque d'huile, camion en travers de la route, accrochage, le choc, violent et là, plus rien.

Mais non.

Bien sûr que non.

Personne ne nous a jamais prévenus que la vie, c'était long.

Que les slogans faciles qui font battre le cœur, les « vivre vite », les « mourir tôt » – tout ça, c'était des balivernes.

Personne ne nous a dit non plus que le plus dur, ce n'était pas les ruptures, mais la déliquescence. Le délitement des relations, des êtres, des goûts, des corps, de l'envie. Jusqu'à une sorte de marécage où il est impossible de savoir ce que l'on aime. Et ce que l'on déteste. Ce n'est pas un état aussi désagréable qu'on pourrait le penser. C'est juste une atonie. Avec des taches de lumière éparses. Une d'entre elles, c'est d'aller voir Mathieu, ce matin, si longtemps après.

Tiens, Cécile Duffaut se redresse.

Mauvaise nuit, hein ?

Je la comprends. Le nombre de mauvaises nuits qui se succèdent une fois la quarantaine passée. La santé des enfants, la nôtre, leur avenir, le nôtre, la litanie des travaux à finir dans la maison, l'électricité qui n'est toujours pas sécurisée, la fuite dans les toilettes depuis trois mois, la réservation de la location pour les vacances, le canapé qu'il faudrait remplacer, comment est-ce qu'on nettoie les taches de feutre indélébiles sur la table du salon, la voiture fait un bruit inquiétant au point mort, surtout penser à aller prendre de l'essence demain matin sinon je vais tomber en panne sèche, je n'ai pas lu un roman depuis des lustres, alors que j'adore ça, lire des romans, remplir les documents pour le prochain voyage scolaire du cadet, des listes, des listes, des listes, qui se mettent à peupler la nuit – on se lève, on descend les escaliers, il est trois heures du matin, on se cogne dans les meubles, on frissonne, on hésite à se faire un café, mais non, un café, et puis quoi encore, on opte pour la tisane « agrumes », on met la bouilloire électrique en route, on voit son reflet dans le miroir, la bouilloire électrique à la main, la tisane « agrumes » dans l'autre, on se reconnaît à peine.

Cécile Duffaut, quand elle se regarde dans une glace, le reflet doit être quand même plus encourageant. Quand nous sortions ensemble, je suis persuadé que tout le monde nous imaginait plus tard, elle en vieille fille acariâtre, et moi en mari volage, trois fois divorcé mais toujours en pleine forme. C'est impressionnant à quel point on ne sait rien. Quand j'étais avec Cécile Duffaut, je.

Rien que de prononcer ça : « Quand j'étais avec Cécile Duffaut », c'est bizarre.

Je devrais me présenter. C'est ridicule.

Tiens, voilà le contrôleur.

C'est dans des moments comme celui-là que je sens le chemin à parcourir encore – chemin que je ne parcourrai sans doute jamais à l'âge que j'ai.

Normalement, une femme d'affaires comme moi, à quarante-sept ans, d'abord, voyage en première et ensuite, quand vient le contrôleur, ouvre son sac de façon discrète et efficace et sort le billet – ou même plutôt l'e-billet imprimé à la maison et qu'il suffit de scanner – caché dans une poche prévue à cet effet.

Alors que là, c'est moi – moi et ces traits de personnalité que je ne suis pas parvenue à gommer, avec lesquels j'essaie de faire contre mauvaise fortune bon cœur.

Je retourne pratiquement mon sac sur la tablette – je vois le sourire goguenard du contrôleur, et pire encore, celui de Philippe Leduc. J'entends les phrases stéréotypées qui passent dans leurs têtes, sur le sac des femmes, sur leur besoin de transporter leur vie entière dans un si petit objet.

Je fouille.

J'essaie de garder ma dignité, de chercher méthodiquement, avec un air détaché et méprisant. Surtout sans rougir et sans bafouiller. Sans multiplier les excuses et les anecdotes. C'est un moment d'embarras. Le contrôleur ne veut pas me brusquer, alors il se perd dans la contemplation du wagon, comme si un événement d'une extrême importance se déroulait près des toilettes. Philippe Leduc tourne la tête vers la droite et feint de s'absorber dans le paysage monotone qui défile. Nous venons de passer Romilly-sur-Seine. Je me demande s'il se souvient de la soirée que nous avons passée là, quand nous étions ensemble. J'avais des amis qui habitaient dans cette ville – il y avait une fête. Nous avions pris le train. À un moment, nous étions sortis du pavillon enfumé et nous nous étions promenés dans les rues désertes – le long de ce mur interminable qui longe la rue principale. J'avais lancé : « Ce qui est sûr, c'est que je n'habiterai jamais ici. » Il avait répondu par un cliché. On ne pouvait jamais savoir ce que nous réservait l'avenir. J'avais levé les yeux au ciel – et je me rappelle qu'il avait baissé dans mon estime, d'un coup. *Peut mieux faire. Enrichis tes reparties. Brille autrement que par ta plastique. Force-toi*. C'est ce que j'avais envie de lui rétorquer. Rien n'était sorti, bien sûr.

En même temps, les stéréotypes ont la vie dure – et surtout, ils contiennent leur part de lucidité. Jamais nous n'aurions pu prévoir que nous passerions par cette ville, plus d'un quart de siècle plus tard, assis côte à côte mais feignant de ne pas nous connaître.

Et pendant ce temps, le contrôleur attend.

J'inspire un grand coup.

Je ne me laisserai pas intimider. J'ai changé. Je suis une femme qui décide. Sûre d'elle et de ses choix.

D'ailleurs, le voilà, le billet.

Certaines habitudes restent ancrées. Je crois que, si on m'avait parlé de Cécile Duffaut avant ce matin, la première chose qui me serait venue à l'esprit, c'est la façon qu'elle avait de vider son sac chaque fois qu'elle devait y chercher quelque chose ; un paquet de chewing-gum, des cigarettes, un numéro de téléphone, un chéquier. Ou un billet de train. J'aime ça. Cette fidélité à ce qu'on a pu être, en dépit de tout. Malgré ces vêtements élégants qui doivent avoir coûté très cher. Malgré ce physique bien plus avenant qu'auparavant.

Je me demande ce qui me définit, moi. Les caractéristiques qui étaient déjà miennes il y a dix, quinze ou vingt ans et contre lesquelles je n'ai pas voulu lutter.

Retirer la mie du pain et la rouler en minuscules boules, tout en continuant de deviser avec l'interlocuteur médusé – l'interlocuteur qui s'effraie, il ne va quand même pas les manger après ? Si, si.

M'assurer que le radio-réveil est réglé à la bonne heure – quatre fois d'affilée, sinon il faut tout recommencer. Dans une autre existence, j'ai dû souffrir de TOCS – aujourd'hui, il ne me reste que celui-là.

Fixer le plafond chaque fois que l'émotion monte

– garder les yeux collés sur la peinture, ses teintes, ses craquelures.

Renverser les pièces de monnaie quand je me déshabille – elles dévalent des poches et roulent sur les parquets en réveillant la maisonnée. C'est plus simple maintenant que je suis seul la nuit. Je n'ai jamais supporté l'idée du porte-monnaie, la bosse dans la poche du pantalon. Ça rendait Christine dingue. J'imagine que Jérôme sait mieux se tenir. Ou alors qu'il n'a que des billets. Repassés. Il sait se dévêtir avec grâce et dignité. Ce sont deux mots que je ne connais pas bien, grâce et dignité. J'ai connu un moment la fausse assurance que donne l'énergie de la jeunesse, et puis c'est passé.

Je suis tendu.

C'est de la sentir à côté de moi. En fait, je devrais changer de place. Faire semblant de descendre à la prochaine gare. Sauf que le train est sans arrêt de Troyes à Paris. Mais pourquoi donner des explications ? Je n'ai pas de comptes à rendre à Cécile Duffaut. Je ne suis rien pour elle, elle n'est rien pour moi, point final. Alors pourquoi je reste ? La culpabilité ? Un peu sans doute. L'espoir qu'elle m'adresse la parole ? C'est pitoyable. La paresse ?

Je me demande de quoi elle se souvient. Enfin, de quoi elle se souviendrait si elle m'avait reconnu.

Des balades en 204 Peugeot. J'avais acheté cette voiture à un prix ridiculement bas. Blanche. La même que mes parents quand j'étais enfant. J'aimais les vitesses au volant. Les sièges qui sentaient encore le cuir après toutes ces années. Cécile n'avait pas encore le permis.

Nous n'allions nulle part. Nous usions de l'essence. Nous fumions des cigarettes en entrouvrant la fenêtre.

La 204 Peugeot, c'était ma revanche sur la moto de Mathieu. Un Mathieu que je voyais moins, comme prévu, depuis son retour d'Allemagne. Un Mathieu qui, quand nous nous retrouvions, me répétait que j'avais vraiment de la chance d'avoir une bagnole. Il était devenu un habitué du train, du RER et du métro – il tentait sa chance à Paris. Il galérait. Dormait sur des canapés, des matelas jetés à terre, sur le plancher parfois. Dehors aussi – les quelques fois où il n'avait réussi à s'incruster chez personne. Il perdait de sa bonne humeur. Je ne sais pas très bien quand les choses ont commencé à changer pour lui. À un moment, il a presque disparu de la circulation – et quand il a réapparu, il avait décroché un second rôle dans un téléfilm. Mais il refusait d'en parler. Très vite, le silence de nouveau. Il avait basculé dans un autre univers. Il m'a manqué. J'avais beau être pris par mes propres démons et l'envie de construire mon existence, il me manquait. J'aurais pu demander des nouvelles à ses parents. J'étais trop fier. Quand j'ai obtenu mon premier contrat à durée indéterminée, à l'hypermarché dans lequel je travaille, c'est lui que j'ai eu envie d'appeler en premier. Mais pour dire quoi ? Pour me vanter d'être devenu vendeur qualifié en télévisions et magnétoscopes ? Je n'avais pas envie de m'entendre lui annoncer ça. Même si ce travail, je savais qu'il me sauvait la vie, après l'abandon de mes études d'anglais, le retour à la ville natale, les mois à rechercher du boulot, les promesses non tenues. Non. Je me disais que je lui retéléphonerais quand j'aurais trouvé autre chose.

Ensuite, j'ai développé d'autres relations amicales. Des collègues. Christine. Les amis de Christine. Voilà. Au moment de m'endormir, parfois, je pensais à lui. Je me demandais ce qu'il faisait à ce moment précis. J'avais de ses nouvelles indirectement. Je regardais les téléfilms où il apparaissait. Les films où sa silhouette longiligne devenait de plus en plus visible. C'est cela, surtout, qui me surprenait – pour moi, Mathieu, il était gros. Celui dont je suivais les allées et venues sur l'écran ne lui ressemblait pas. Même sa voix semblait altérée. Plus profonde.

Chaque fois que je sortais du cinéma, j'avais envie de l'appeler – je ne m'y suis jamais résolu.

La seule chose qui m'ait consolé, toutes ces années, c'est ma famille. Christine. Les filles. J'attendais avec inquiétude le moment où Mathieu se retrouverait dans les magazines people au bras d'une superbe actrice espagnole ou d'une top model ukrainienne, avec la ligne sibylline en dessous : « Mais ce petit renflement au niveau du ventre n'est-il pas le signe d'un heureux événement à venir ? »

Ce n'est jamais arrivé.

D'abord parce que ses histoires d'amour n'ont jamais tenu bien longtemps. Et surtout parce qu'il n'est jamais devenu célèbre. Il a longtemps été un acteur familier, mais de second plan. Il aurait suivi une carrière sans éclat s'il n'y avait pas eu *Les Chanceux du Jour*. *Les Chanceux du Jour*, ça a été son vrai coup de bol. Il connaissait bien le producteur de l'émission, qui cherchait un animateur avec de l'expérience sans être trop connu du grand public. Ils ont fait des essais. Bingo. Il s'est retrouvé dans l'un des programmes les plus regardés de la télévision française – un jeu affligeant qui permet de faire patienter les ménagères de moins de cinquante ans et les chômeurs en attendant le journal de 13 heures. Son humour, sa belle gueule, son côté proche des gens – en quelques semaines, il avait emporté la mise. L'argent ne serait plus un problème. Nous étions presque au milieu des années 2000. Il avait quarante ans. Il s'assurait un avenir.

C'est à peu près à ce moment-là que nous avons divorcé, Christine et moi. C'est à peu près à ce moment-là aussi que j'ai cessé d'acheter le programme télé. Je ne supportais plus de voir des photos de Mathieu. J'étais bien trop conscient du tour que prenaient nos destins. Nous nous étions rencontrés à une période où il n'était que le brouillon de ce qu'il allait devenir et où j'étais au zénith. Il n'allait pas arrêter de monter, et moi de m'enfoncer doucement. Chaque fois que je croisais son visage dans les magazines, c'est à ça que je pensais. À l'échec. Aux destinées qui t'échappent.

Je vais mieux maintenant.

Et je rends visite à Mathieu aujourd'hui.

Je déglutis.

Je ne suis pas fier de moi.

Je me comprends.

C'est lui qui a repris contact. Je n'aurais jamais osé. Pas parce que j'aurais eu peur de le déranger. Mais par crainte de l'humiliation – imaginons un instant qu'il se souvienne à peine de mon nom.

J'ai rencontré sa mère, juste après le divorce. Elle

faisait ses courses à l'hypermarché. Elle voulait racheter une télévision. Elle venait de perdre son mari – je n'en avais rien su. Nous avons parlé longtemps. Elle m'a invité à venir le dimanche suivant – celui où je n'avais pas les enfants. Elle me ferait un gâteau. Quand je suis sorti du magasin le soir, j'avais envie de pleurer – autant sur sa solitude que sur mon chemin. Je devenais le remplaçant de mon ancien meilleur ami. Il avait rêvé d'être à ma place. C'est moi qui prenais la sienne. J'entrais dans la peau de celui qu'il aurait pu être, cet homme solitaire qui rend visite à sa mère le dimanche pour prendre le goûter.

Un jour, Mathieu l'a appris. Je pensais que ça allait le mettre en colère. Ce fut pire que ça. Il a ressenti de la pitié. Et c'est vrai, au fond, que la pitié, c'est tout ce que je méritais – un quadragénaire qui se réfugie chez la mère de son ex-ami d'enfance pour parler de la vie, c'est pathétique. Mais j'aimais bien aller chez Maud. Éplucher les légumes avec elle. Enchaîner les activités quotidiennes que je ne fais jamais avec mes parents. Ce que j'aimais bien, c'est qu'elle ne jugeait pas, Maud. Elle juge encore moins maintenant qu'Alzheimer a fait son apparition. C'est l'une des périodes de ma vie que je regrette le plus. Mes dîners chez Maud. Mes dimanches à préparer des plats roboratifs en échangeant des considérations sur l'existence, les voisins, les enfants. Elle me manque.

Au début, Mathieu et moi, nous nous sommes téléphoné à cause d'elle. Je venais de la récupérer, hagarde, sur le parking de l'hypermarché – elle était totalement désorientée. J'avais appelé le médecin. Puis son fils. Je me souviens de la voix de Mathieu au téléphone. La voix qu'il avait à l'adolescence. Loin, très loin de ce timbre grave et assuré qu'il a développé pour les téléfilms. Loin, très loin du côté enjoué surjoué qu'il adopte pour *Les Chanceux du Jour*. Il faut dire que ce jour-là, il n'était pas chanceux. Il devait se reposer sur moi. Me demander un service. Peut-être plusieurs. Il était en position d'obligé.

C'est comme ça que nous sommes redevenus amis.

Amis.

C'est un bien grand mot.

Disons que c'était un bien grand mot jusqu'à il y a peu. Nous nous téléphonions. Il passait de temps à autre. Nous ne parlions que de sa mère et de sa carrière à lui. Un jour, quand même, il m'a demandé si ce n'était pas trop dur, le divorce. En fait, le divorce était consommé depuis longtemps déjà, alors j'ai pu sourire, hausser les épaules et répondre « C'est la vie ». Je ne sais pas pourquoi, mais ça a dû l'émouvoir, alors il m'a invité chez lui. À Paris. Dans son appartement. Pour une fête avec ses amis parisiens.

C'était un honneur.

Je me suis retrouvé dans ce milieu qui n'était pas le mien, parmi des gens qui buvaient trop et qui riaient très fort, d'épouses fatiguées-mais-dynamiques, d'employées du traiteur qui passaient avec des canapés et des verres remplis. Mathieu me présentait avec simplicité : « Philippe, un ami d'enfance. » Tous me fixaient avec un bon sourire pendant une dizaine de secondes et la conversation repartait sans moi. Je me fondais dans le décor. Je n'avais aucun mal. J'avais l'impression d'être dans un mauvais téléfilm. Je reconnaissais quelques visages – entraperçus sur l'écran de télévision –, mais je n'arrivais pas à mettre un nom dessus. Les plus grosses pointures avaient promis qu'elles viendraient mais téléphonaient au dernier moment pour annuler. Ou pas. Et cela n'était pas pour déplaire à Mathieu. Chez Mathieu, ce qui brille, c'est Mathieu.

Ce qui brillait aussi ce soir-là, c'était cette femme de vingt ans sa cadette, vive et pleine de repartie. Ouvreuse dans un théâtre pour financer ses études de droit. Lucide. Elle se prénommait Astrid. Elle restait elle-même au cœur de la fête. Elle allait et revenait vers Mathieu, avec naturel et nonchalance. Je l'ai enviée. J'ai envié Mathieu aussi, bien sûr. Ils sortaient ensemble depuis quelques mois – mais elle ne se faisait aucune illusion. Tôt ou tard, l'histoire allait se terminer – elle en aurait assez de jouer les gérontophiles ou il trouverait une femme plus docile.

Le niveau sonore est monté d'un cran à un moment donné, et nous nous sommes retrouvés, elle et moi, dans l'immense cuisine. Le traiteur et ses employées étaient partis – ils reviendraient dans la matinée s'occuper du ménage. Il était très tard. Elle a trouvé une grappe de raisin noir, qu'elle s'est mise à égrener.

— Vous savez, Mathieu parle souvent de vous.

— Ah. C'est flatteur, je suppose.

— Je n'en sais rien. En même temps, c'est assez récent. C'est venu d'un coup.

— Coup de foudre. À retardement.

J'ai essayé de détourner la conversation. Je sentais qu'elle prenait un tour qui allait m'être désagréable.

— C'est parce que je me suis occupé de sa mère.

— Ou que sa mère s'est occupée de vous. Enfin, d'après ce qu'il dit.

— Les relations humaines sont parfois à double sens.

— Pendant un temps, vous avez été un objet de raillerie ici. Tous ces gens que vous voyez là, ils se tapaient sur la cuisse en entendant les histoires de Philippe qui fait des tartes aux pommes avec la mère de son copain.

— Je ne suis pas sûr d'avoir envie d'entendre ça.

— Attendez. Ce n'est pas aussi ignoble que ça peut le paraître. Et dans la vie, la lucidité, c'est le plus grand atout, non ?

Je me voyais bien me lever dignement – et sans aucune difficulté, je n'avais bu que deux coupes de champagne. Quelque chose m'avait retenu, la peur d'être ridicule, la crainte du lapsus ou de la nausée. Je me voyais traverser la cuisine, fendre la foule dans le salon, prendre mon manteau, descendre les escaliers et, en sifflotant, rejoindre la gare de l'Est où les premiers trains n'allaient pas tarder à partir. Et disparaître.

Oui, je m'imaginais bien faire ça – mais je ne suis acteur que dans mes propres rêves. Dans la réalité, j'ai hoché la tête et je me suis servi un verre d'eau.

— Ça a changé progressivement. Vous êtes devenu une… comment dire ça, oui, une caution. Vous lui servez de caution.

— Pardon ?

— Dernièrement, il a essuyé pas mal de reproches. Disons qu'il s'est assez mal comporté avec certaines personnes. On a commencé à dire qu'il oubliait d'où il venait, qu'il avait la grosse tête. Il fallait qu'il redresse la barre. Il se mettait tout le monde à dos. Alors il a fait un gros travail sur lui-même. Et vous faites partie de ce travail. Vous lui permettez de montrer que, non, il n'a pas changé. Qu'il a les mêmes amis depuis des lustres. Qu'il est resté proche de ses racines. Que les procès qu'on lui a intentés sont infondés.

Je me suis servi un alcool fort. Avec des glaçons. Je les faisais tourner dans le verre. Rien de ce que j'apprenais ne me surprenait. Ce qui m'étonnait, en revanche, c'était de ne pas m'offenser outre mesure. J'étais au-delà de tout ça. J'ai haussé les épaules.

— Je suis désolée de vous asséner ce coup-là.

— Les coups ne portent pas. Je suis déjà à terre.

— Je vous aime bien, vous savez.

— Vous avez besoin d'une caution, vous aussi ?

Je l'avais regardée par en dessous. Elle est restée interdite un moment, puis elle a éclaté de rire.

— Qu'est-ce que vous allez en faire ?

— De quoi ?

— De cette information.

— Rien du tout. Il profite de la situation. Moi aussi. Ce n'est pas comme si je croulais sous les invitations. Et puis de retour chez moi, au travail, je peux toujours glisser que j'ai passé la soirée avec Mathieu Coché. À chacun sa gloriole.

— Je ne sais pas pourquoi je vous ai parlé de lucidité tout à l'heure. Vous n'avez pas besoin de leçon.

— En revanche, je prendrais bien un autre verre, là.

Nous avons continué comme ça dans la cuisine, tous les deux. Les mots ont défilé. Les minutes aussi. Cela ne m'était pas arrivé depuis longtemps. Je crois que nous nous sommes confiés comme peu de gens se confient. Nous savions très bien que nous n'allions pas nous revoir. Que l'un de nous allait sans doute sortir de l'existence de Mathieu sous peu. J'étais prêt à repartir comme j'étais venu. Or c'est elle qui a claqué la porte – ce qui m'a valu de rester et de subir les imprécations de Mathieu contre les femmes. Surtout les plus jeunes. Avant de quitter la cuisine au petit matin, le jour de la fête, nous nous sommes échangé nos numéros de téléphone. À n'utiliser qu'en cas d'urgence de confidences – c'est-à-dire jamais. Je le garde toujours sur moi, dans mon portefeuille. C'est devenu une sorte de talisman. Je pourrais lui téléphoner, là, et lui parler de Cécile. De Mathieu. De cette envie de ne pas rendre visite à Mathieu qui me tenaille.

Mon Dieu, mais qu'est-ce que je fais dans ce train ?

À côté de Cécile.

Qui se lève tout à coup.

Et me frôle les genoux.

— Pardon.
— Je vous en prie.
— Excusez-moi.
— De rien.

Je me regarde dans la glace des toilettes. J'ai les joues rouges. Je suis ridicule. Pourquoi est-ce que j'ai le cœur qui bat la chamade ? Parce que je viens d'échanger deux formules de politesse maladroite avec mon voisin de train ? Parce que j'ai frôlé le genou d'un homme entre deux âges, bedonnant, à la calvitie rampante ? Vraiment, ça n'en vaut pas le coup. Parce que, regarde. Regarde-toi bien en face. Regarde-moi.

Tu vaux bien mieux que lui.

Très peu de maquillage. Une peau qui garde de l'éclat grâce à une simple crème de nuit. Des yeux légèrement soulignés. Une publicité ambulante pour les produits que tu proposes – resplendissante malgré un âge qui avance. Et les cheveux. Ces cheveux que tu as du mal à domestiquer tant ils poussent encore – une vitalité tardive.

Tu vaux beaucoup mieux que lui.

Les hommes. Ceux qui t'observent pendant les réunions. Ceux qui apprécient ton efficacité et ta relative discrétion. Ceux qui aimeraient savoir ce que recouvre ce calme apparent. Ceux qui tremblent devant les décisions sans appel. Ceux qui, dans les transports en commun, te gardent en mémoire et te comparent avec celles qu'ils vont retrouver au bout de la ligne. Ceux qui soupirent à cause de cette comparaison. Ceux qui voudraient t'aborder mais qui n'osent pas, car, mine de rien, il y a quelque chose en toi qui en impose.

Et Luc, bien sûr. Des mois, des années à lutter pour maintenir son attention, pour sentir son admiration grandir, pour renvoyer dans leurs terres celles qui pensaient pouvoir piétiner le paysage familial que tu construisais. Si différent de celui dans lequel tu as grandi. Si loin mentalement qu'avec tes parents tu ne parles presque plus de ta vie quotidienne. Parce qu'ils ne comprendraient pas. Qu'ils n'envisagent même pas.

J'espère que Valentine est fière de sa mère. Plus fière en tout cas que je ne le suis de la mienne. Chaque fois que je reviens les voir, mes parents, j'ai l'impression de redescendre l'échelle temporelle et sociale que je grimpe avec circonspection mais ténacité. Dès que j'arrive à la gare, je retrouve mes oripeaux d'enfance – la voix qui tremblote, le geste mal assuré et l'agacement. Cet agacement profond qui me fait me demander pourquoi, mais pourquoi grands dieux est-ce que je m'inflige cette visite bimensuelle ?

Et avec lui, là, c'est pareil.

Je retrouve la peau de mes vingt ans. Comme si ma mue m'attendait, tapie au coin de ma ville natale ou dans le train. Comme si elle veillait et qu'elle attendait que je baisse la garde, pour attaquer encore. Je me rappelle Lucile qui travaillait pour moi il y a quelques années. C'était une grande fille mince et séduisante. Un jour, elle m'a montré ses photos d'adolescence. Quand on l'appelait la boulette ou le cochonnet. Elle serrait les dents tandis que j'observais la masse informe de chair sur les clichés, et que je tentais d'y retrouver les traits de ce qu'elle allait devenir. Elle a murmuré qu'ils étaient toujours là, la boulette, le cochonnet. Elle les combattait quotidiennement, pourtant il suffisait qu'elle n'y prenne pas garde, qu'elle soit bousculée dans le métro, qu'elle mette un peu trop de temps à sortir sa carte de crédit de son portefeuille, et la boulette, le cochonnet fondaient sur elle de nouveau. Empotée. Grasse. Laide. Bonne à rien.

Elle parlait, et je me revoyais, moi, au lycée et après. Je crois même que ce soir-là, en parlant avec Lucile, j'ai retrouvé l'ombre de Philippe Leduc. Son insolence. Sa malveillance.

Philippe Leduc. En voilà un qui devait passer des heures à se regarder dans le miroir. Ou plutôt non. Dans les yeux des autres. Les figurants qui se contentaient de renvoyer son reflet. Et maintenant. Regarde-toi. Les rôles se sont inversés. Tu n'as pas à t'excuser de l'avoir bousculé. Il n'est rien pour toi. Rien.

Aujourd'hui, il serait prêt à te manger dans la main.

Aujourd'hui, il ne te traiterait pas avec cette désinvolture-là.

Je me souviens de la soirée où nous sommes sortis ensemble, bien sûr – aucune idée en revanche du prénom de celui qui l'organisait. Sûrement un Arnaud ou un Christophe, c'était la mode. Son père était médecin, ça, je me le rappelle. La mère faisait du bénévolat. Ils avaient de l'argent. C'était un pavillon en bout d'agglomération. Un très grand terrain avec des arbres et, juste derrière, des champs qui s'étendaient jusqu'aux collines. Tout a changé maintenant. Les maisons ont poussé de tous côtés, les fermes ont été vendues, l'agglomération se développe, faisant apparaître des supérettes, des boulangeries qui n'en sont pas, parfois des entrepôts qui se font appeler magasin et qui vendent du fourre-tout, de la bimbeloterie, du tout à moins de cinq euros. Le pavillon doit être coincé désormais entre quatre autres, plus récents. Les parents de celui qui nous a invités s'y recroquevillent. Ils finiront leur vie coincés au milieu d'une zone commerciale.

Ma violence me surprend.

Je ne me soupçonnais pas toute cette rancœur. Elle n'a aucune raison d'être aujourd'hui. J'ai plus d'argent que les parents d'Arnaud ou de Christophe n'en toucheront jamais – et je ne suis pas encore à l'âge de la dégringolade physique.

J'étais jalouse, alors ?

Oui.

Après tout, l'argent donnait de l'assurance. L'apparence physique aussi. Je manquais des deux. Je cherchais à devenir une ombre, un souffleur de théâtre – quelqu'un dont on connaît à peine le visage mais qui vous devient indispensable. Je pensais qu'avec douceur et discrétion, je deviendrais indispensable à quelqu'un. Un garçon. J'ai cru un moment que ce serait Philippe Leduc. Je m'y suis agrippée – en tentant de me faire légère. J'ai valsé aux premières vagues.

Le sous-sol avait été transformé en salle de danse – entre les rangées de spots et le stroboscope, la réalité devenait hachée et criarde. J'avais regardé bouger les corps pendant quelque temps, mais je devenais sourde à cause de la proximité des amplis, alors je suis remontée. Au rez-de-chaussée traînaient des groupes d'étudiants qui se la jouaient détachés et cyniques, des apprentis Jacques Dutronc. Certains s'étaient entassés autour d'une table pour jouer au poker en se servant des alcools forts. D'autres se prenaient en photo, inlassablement, dans la demi-pénombre du salon. Les portes-fenêtres étaient ouvertes. Je suis allée prendre l'air. Du fond du jardin, on n'entendait presque plus rien. J'aimais bien le contact de l'herbe. Le frottement sur mes chaussures. C'était doux.

La nuit était étoilée. C'était facile d'être envoûtée. Je fixais un point à l'horizon. Il se tenait debout dans un coin, à gauche, sous le marronnier. Je ne l'ai vu qu'au dernier moment. J'ai eu un petit mouvement de recul, puis je me suis dit que non, il n'y avait pas de raison. J'avais le droit d'être là, tout autant que lui. J'ai murmuré « bonsoir ». Il a souri. Nous sommes restés là sans rien dire pendant un moment, mais, d'un seul coup, le lieu paraissait surpeuplé. Il fallait engager la conversation sous peine de paraître ridicule. Je cherchais une phrase. Quelque chose d'un peu moins niais que « J'ai toujours aimé les jardins sous la lune » ou « Quand j'étais petite, mon père me nommait toutes les étoiles du ciel ». D'autant que ce n'était pas vrai. Mon père n'a jamais regardé les étoiles ni avec moi ni tout seul. Et il ne s'est pas réellement occupé de mon éducation. J'ai opté pour la franchise. Et la provocation bon enfant.

— J'aurais cru que tu passerais la nuit entière au sous-sol.

— Il ne faut pas se fier aux apparences.

— Je déteste les proverbes et les expressions toutes faites.

— Ils sont parfois vrais, pourtant.

— Pardon ?

— Écoute, si on se fie aux apparences, tu es bien le type de fille à passer la nuit dans le jardin quand il y a une fête dans la maison.

J'aurais pu être vexée ou choquée – mais avant tout, j'ai trouvé que c'était bien envoyé. J'ai ri. Et j'ai ajouté : « Philippe Leduc, un point. » J'ai senti une détente imperceptible dans son corps. Les épaules qui s'affaissent un peu.

— Un point pour toi aussi, tu connais mon nom.

— Tous ceux qui étaient avec toi au lycée connaissent ton nom.

— Alors, un demi-point.

— Et deux pour toi si tu connais le mien.

— Nom et prénom ?

— Nom, un point, prénom, un point.

— Ou alors, prénom, un point et demi et…

— Ne cherche pas à gagner du temps. Donne ta langue au chat tout de suite.

Je lui faisais face. Je lui souriais. Ce n'était pas difficile de lui sourire. On avait envie de le séduire, rien qu'en le fixant. Je devais avoir des bulles dans les yeux – un truc qui pétille. La situation m'amusait. Comment il avait pu être pris à son propre piège. Comment j'avais su le surprendre. Je devinais l'intérêt, soudain – une fille qui a de la repartie, une cinglante. Parfois, ça rattrape même un physique quelconque. Surtout la nuit. Je savais bien que dans deux ou trois jours, il ressentirait de la gêne. Une honte qui le pousserait à invoquer l'alcool, l'heure tardive. Mais pour l'instant, j'avais un but. Je me demandais si j'arriverais au bout. C'était excitant.

J'ai pensé au Saut de la Mort, chez ma grand-mère, quand j'étais petite. Le Saut de la Mort, ça me coupait le souffle. C'était un défi que je m'étais inventé. Le jeu consistait à sauter plusieurs marches de l'escalier en pierre, sans trébucher, pour se retrouver dans l'allée du jardin. Une marche au début, puis deux, trois, quatre. Et le Saut de la Mort – cinq marches. Chaque fois, j'imaginais mon visage couvert de sang, les adultes qui se précipitaient, ma mère hurlant son désespoir, mon père près de l'évanouissement, mes camarades de classe (qui, inexplicablement, se trouvaient là aussi) pleurant toutes les larmes de leurs jeunes corps. L'extase. L'extase d'avant le Saut de la Mort – parce que, après, tout de même, il fallait y aller.

Alors, je me suis avancée de quelques centimètres et je lui ai tendu la main.

— Bonjour. Je m'appelle Cécile Duffaut. Répète après moi, Cé-ci-le Duf-faut.

— Je n'ai pas donné ma langue au chat, que je sache.

— Trop tard.

Il a pris ma main. Il l'a gardée dans la sienne. C'était un moment maladroit – mais à la sortie de l'adolescence, on aime bien ces moments maladroits. L'impression que tout peut basculer. Car souvent, tout bascule.

— Enchanté de faire ta connaissance, Cé-ci-le Duf-faut.

— Pas moi.

— Pardon ?

— Je suis enchantée mais je ne fais pas ta connaissance.

Cette hardiesse.

Elle est en moi, cette hardiesse. Profondément ancrée. Je l'ai fait taire pendant des années, j'ai appuyé dessus pour qu'elle s'enfonce – mais elle ressort en détonation de bouchon de champagne à des moments de pression comme celui-là. J'ai appris à la faire remonter aujourd'hui. Elle me sert dans les réunions, les contrats de vente, les négociations. Elle fait parfois rougir mes collègues ou mes rivaux, mais ils aiment ça, au fond, ce culot. Cette âpreté dans le timbre. Le fil de la guillotine.

Philippe Leduc s'est mis à rire franchement.

Les hommes croient toujours que, lorsqu'ils font rire une femme, la moitié du chemin qui mène à son lit est parcourue – et ils ne se rendent pas compte à quel point l'inverse est vrai aussi.

Est-ce que Philippe Leduc en valait la peine ?

À vingt ans, peut-être oui.

C'est difficile, vingt ans, pour un homme. Avec cette volonté de dominer. De marquer son territoire. Cette espèce de nervosité brusque. Cette maladresse. Ce côté frondeur – attendrissant et insupportable.

C'est difficile, mais ça n'excuse rien.

En tout cas, ça n'excuse pas Londres.

La rage monte d'un coup.

Décidément, je ne l'ai pas digéré, ça.

Devant la glace des toilettes, dans le train de 06 h 41, je me souviens du retour.

En sortant de la gare, seule, je fulminais. Sur la terrasse du café d'en face, il y avait Mathieu. Le meilleur ami de Philippe Leduc. Pur hasard. Nous nous étions croisés quelques fois. Nous nous sommes salués du bout des lèvres. Il a froncé les sourcils. Il m'a demandé d'où je revenais comme ça. Londres. Avec Philippe ? J'ai fait un geste de la main – qui signifiait « aucune importance ». Il m'a demandé si je voulais prendre un café avec lui. J'ai failli refuser, parce que ce n'était pas le moment, j'avais d'autres chiens à fouetter, j'étais en train de libérer les chevaux intérieurs – mais j'ai haussé les épaules et j'ai dit « pourquoi pas ? ». J'ai joué avec l'idée de séduire Mathieu. C'était jouissif. Je ne suis pas allée plus loin, parce que je n'étais pas comme ça. Aujourd'hui, je n'hésiterais pas.

Mathieu.

Mathieu Coché.

Je ne me serais jamais souvenue de son prénom si je n'étais pas tombée sur cet article dans un magazine, chez le coiffeur. Un entretien assez long. La presque vedette y racontait son enfance. Son adolescence. Ses racines. Sa passion pour le théâtre. La montée à Paris – et là, les opportunités. De la guimauve. Du gluant. De la tarte à la crème dont on aime se badigeonner les yeux en attendant que soit appliquée la coloration.

Je regardais la photo – je ne reconnaissais pas le jeune homme que j'avais croisé. À l'époque, Mathieu Coché n'était pas particulièrement populaire – ni attirant. Il semblait gauche. Un peu empoté, comme aurait dit ma grand-mère. Embarrassé par une carcasse en plein développement, mais pour l'instant trop volumineuse. Un regard souvent abattu. On ne l'identifiait que par association. C'était « le copain de Philippe

Leduc ». Une sorte de faire-valoir que certaines filles approchaient pour avoir plus de renseignements sur celui qu'elles convoitaient.

C'est un magnifique renversement des rôles.

Je n'ai pas vraiment suivi sa carrière – j'étais au courant qu'il passait à la télévision, mais je crois que je n'ai jamais vu aucun film ou aucune série dans lequel il a joué. L'insipidité de l'article m'a agacée. J'étais sur le point de refermer le magazine quand j'ai remarqué le grain de beauté, juste au-dessus du poignet. Je ne me le rappelais pas. Je ne sais pas pourquoi, mais ça m'a émue. J'ai souri. J'ai souri à l'homme sur la photo. Ce jour-là aussi, chez le coiffeur, j'ai pensé à la terrasse du café en face de la gare.

Nous ne savions pas trop quoi nous dire. Il n'était pas loquace, Mathieu Coché. D'ailleurs, j'avais été vraiment surprise d'apprendre qu'il faisait du théâtre. Pour moi, les acteurs devaient être des gens extravertis, à l'aise dans la société. Des artistes intégrés et rompus à l'entretien.

J'étais dans la haine ce jour-là. Je n'en voyais pas le bout. Elle m'avait saisie dans le train du retour. J'étais sortie de l'état cotonneux dans lequel j'avais été plongée une bonne partie de la nuit. Je n'avais été que très vaguement consciente que je descendais du train à Douvres, que je montrais mon passeport, que je remontais dans un autre wagon. Mais à Paris, tout à coup, à la sortie de la gare du Nord, il y avait un chien-loup dans mon corps. Si Leduc avait été en face de moi, je l'aurais taillé en pièces.

J'étais dans le même état – pas altéré d'un pouce –

en descendant à Troyes. Et soudain, Mathieu Coché. Le meilleur ami de l'autre. C'était trop. Mais en même temps, je savais qu'à celui-là, je n'avais rien à reprocher. Et puis il se montrait attentif. Il a demandé maladroitement si cela s'était mal passé. J'ai répondu « Tu n'as pas envie de savoir » et il a hoché la tête. Il a laissé passer quelques minutes. Les serveurs s'affairaient autour de nous. Avec leurs gilets rayés noir et or, ils ressemblaient à des guêpes.

Je voyais des guêpes. Partout autour de moi. Leurs mandibules en train de découper avec une cruauté précise les morceaux de ma chair. Mes bras. Mes joues. Ma langue. Mes yeux.

J'ai eu un mouvement de défense – j'ai failli renverser la table. Mathieu Coché a sursauté. Il m'a touché la main.

— Qu'est-ce qu'il y a ?

— Rien. Je croyais qu'il y avait un insecte.

— Si tu as besoin de parler, ou de boire un verre, ou simplement d'une présence, tu peux m'appeler. Je suis là tout l'été.

Je n'ai rien répondu. Je l'ai juste fixé. J'essayais de scruter ses pensées. Est-ce qu'il était en train de me draguer ? Est-ce qu'il se faisait une spécialité des ex de son pote – le consolateur du bourreau des cœurs ? Ou est-ce que rien ? Simplement rien ? De la politesse ? De la gentillesse devant quelqu'un qui souffre ? Je n'ai pas réussi à savoir. Je ne l'ai jamais rappelé non plus.

Il a levé le bras pour payer l'addition et la montre qu'il portait a glissé de quelques centimètres. C'est là que j'ai vu le grain de beauté, juste au-dessus du poignet.

D'un seul coup, je suis sortie de la haine.

J'ai aperçu ce qui se cachait au fond de Mathieu Coché.

Les yeux, les épaules, les avant-bras, le cou – tout suintait le manque. Le vide.

La possibilité, soudain, d'une autre vie, avec Mathieu Coché, c'était vertigineux. Aujourd'hui encore, ça le reste. Même ici, dans ce train du matin. Même ici, dans des toilettes SNCF dont la propreté laisse à désirer.

Quelqu'un appuie sur la poignée. Une fois. Deux fois.

Je ne sais pas combien de temps je suis restée là-dedans.

Je suis folle.

Il est temps que je sorte. Que je regagne ma place. Plus de la moitié du voyage est déjà écoulée. Ça passera vite maintenant. Tout passe très vite de toute façon. Tout passe très vite, mais vingt-sept ans après, tout est encore là.

— Désolée.
— Je vous en prie.

Elle m'a frôlé.

Rien que ça, le frôlement, ça fait surgir des impressions, des couleurs, du vert sombre, du bleu foncé, un sous-bois. Est-ce que je suis allé me promener en forêt avec Cécile ? Si c'est le cas, je ne m'en souviens pas. Pourtant, je me rappelle beaucoup de choses. Dont certaines que je voudrais oublier. La façon dont je me suis comporté avec elle à la fin. J'aimerais lui dire que cela ne m'est plus arrivé par la suite. C'est vrai. Avant elle, oui. Je pouvais être un parfait malotru. Un goujat. Tous ces mots qu'on ne prononce plus.

J'y étais presque.

En fermant les yeux, avec le frôlement de ses jambes sur les miennes, je pouvais nous retrouver. La façon que nous avions de bouger. De nous parler. Bravaches. Avec cette volonté de glisser de la dérision partout. Ironiques à mort. Quelle vanité. Quelle pose.

Vibration du portable.

SMS de Christine. « Il faudrait que nous ayons une conversation. » De l'utilité des mobiles – envoyer un message pour annoncer que nous devrions parler. Là, oui, c'est le moment d'être sarcastique. Mais être sarcastique tout seul, ça ne rime à rien. Et ma voisine de train n'est pas prête à m'adresser la parole. Je me demande si elle m'a reconnu. J'opterais pour le oui, maintenant – mais c'est de la pure vanité. Comme si j'étais inoubliable. Et que le corps ne s'était en rien modifié. Avant, je croyais à ça. Que le corps vieillissait sec – des rides, des traits plus accentués, c'est tout. Alors qu'aujourd'hui, je ressemble à un ballon. Une baudruche un peu ridicule, coincée dans un siège SNCF.

Qu'est-ce que je peux répondre à Christine ? Qu'est-ce que je suis censé répondre ? « Quand tu veux », « Oui », « Non », « Et puis quoi encore ? », « Tu me manques ».

Ou alors, du plat, du descriptif. « Je suis dans le train. » Et ajouter du piment, de la provocation, « Avec Cécile Duffaut ». Mais non, cela ne servirait à rien – Christine ne connaît pas Cécile.

Et puis, c'est anecdotique, cette rencontre, non ? Il y a d'autres filles que j'aurais pu rencontrer dans le train. Des filles qui, pour le coup, ont eu une importance réelle dans ma vie. Virginie, par exemple. Celle qui a précédé Christine. Deux ans ensemble. Tellement de points communs. Et tellement de dissemblances – impossible de construire sur un marécage pareil, et à ce moment-là déjà, j'avais envie de dur, de béton, de protection contre l'érosion. Ou Élise. C'est vrai, Élise. Un mois seulement mais d'une intensité à couper le souffle. Elle partait au Brésil, son billet retour était open un an, mais surtout elle n'était pas du tout certaine de s'en servir, le Brésil, elle en rêvait depuis l'enfance. Une nuit, elle m'a dit : « Tu pourrais me rejoindre, tu pourrais tout plaquer et partir avec moi. » Elle souriait en disant cela. Elle savait que ce n'était que des paroles en l'air. Je ne suis pas le genre d'homme capable de faire une chose pareille. D'ailleurs, je ne connais personne, dans mon entourage, capable d'un tel coup de tête. Ces décisions insensées, on ne les prend qu'en fiction, dans les mauvais romans, dans les téléfilms du dimanche soir. Je me demande où elle habite, maintenant, Élise. J'ai du mal à l'imaginer vieille. Si ça se trouve, elle n'est même pas vieille. Elle est morte. Depuis longtemps. C'est ce qui me trouble. Tu rencontres quelqu'un, tu l'accompagnes pendant quelque temps, puis il ou elle disparaît de ton quotidien, tu t'en remets, tu oublies. Un jour, dans un train, tu te dis : « Si ça se trouve, il ou elle est mort. » Je suis content de voyager en silence avec Cécile Duffaut parce que je sais qu'elle n'est pas morte.

En dépit de tout, je suis content aussi d'aller voir Mathieu. Parce que nous savons où nous en sommes, l'un et l'autre. Et je ne me dirai jamais « tiens, si ça se trouve, il est mort ». Au moins.

Au moins.

C'est l'expression que je déteste par-dessus tout. Ma mère n'arrête pas de l'utiliser, à tout bout de champ. Pour se rassurer sur le monde qui l'entoure. Lui donner un semblant de logique et de douceur. Parfois, ça atteint des sommets. Au moment de l'explosion de la navette *Challenger*, elle a lancé qu'au moins, les corps ne tourneraient pas sans fin autour de la Terre.

Et quand les avions se sont encastrés dans les Tours jumelles, une fois qu'elle a pu détourner les yeux de l'écran, elle a murmuré qu'au moins, ils avaient pu téléphoner à leurs femmes et leurs maris, pour leur dire au revoir.

Je suis un fils Au Moins.

Au moins t'as eu le bac.

Au moins t'as un travail fixe.

Au moins t'as eu des enfants.

Au moins, ton ex-femme ne te fait pas des scènes à cause de la pension alimentaire.

Au moins, le divorce ne se passe pas trop mal.

Au moins, tu n'es pas mort.

J'ai failli, une fois.

Comme tout le monde, j'imagine.

Je faisais de la voile sur le lac, à une vingtaine de kilomètres de chez mes parents. C'était un peu après Cécile Duffaut. L'orage est arrivé très rapidement. Le vent s'est levé. Une tornade s'est formée. J'étais fasciné. Je n'en avais jamais vu de ma vie. Ensuite, je ne sais pas exactement ce qui s'est passé. J'ai reçu un coup derrière la tête – la bôme qui se rabattait. Je suis tombé dans les pommes et dans l'eau. Les autres plaisanciers n'avaient pas le temps de s'occuper de moi – leurs esquifs sombraient également. J'ai entrouvert les yeux – des algues, des bulles, de la vase, il n'y avait plus le bruit angoissant de la tempête. Il faisait bon, là. J'étais bien. J'ai pensé game over et je crois que j'ai souri – mais est-ce que c'est possible de sourire quand l'air commence à manquer ? Je me souviens que j'avais mal à la tête – si ça se trouve, je perdais du sang.

Je n'avais pas envie de mourir – mais vivre n'était pas une option très attrayante. J'avais des relations décevantes avec les filles. Mes parents et moi, nous nous agacions prodigieusement. Les années se défilaient en même temps que les amitiés que je pensais durables. N'importe quoi pouvait survenir – y compris décéder, pourquoi pas ?

Je suis remonté, pourtant. Un moment de panique. L'air. L'envie de l'air. Il s'en est fallu d'un cheveu. Je ne suis jamais remonté sur un bateau.

Bien sûr, maintenant, tout serait très différent. J'ai des responsabilités. J'ai les enfants.

J'entends distinctement le blanc – comme lorsqu'on entendait encore les craquements des disques vinyles une fois l'album terminé. Le silence d'après. Presque religieux. Et moqueur aussi.

J'ai les enfants.

Le verbe « avoir ». Il est gênant, celui-là. Ce n'est pas un verbe qui m'est familier. Plus le temps passe, et plus je perds. Plus je perds et plus je suis libre. Plus je suis libre et moins j'ai envie de l'être. Qu'est-ce que je vais faire de toute cette liberté ?

Inviter Cécile, par exemple.

Je vais me retourner vers elle, je m'expliquerai. Je lui dirai pour Mathieu. Pour moi, mes enfants, Christine, l'existence qui prend de drôles de chemins.

Je m'excuserai, pour Londres.

Parce que, évidemment, je m'en souviens.

Nous reviendrons sur tout ça, nous déviderons la quenouille, je parviendrai à la dérider, elle oubliera qu'elle est mariée, mère, femme affairée, je lui lancerai un défi, Cécile, repartons à Londres, maintenant, je vous ferai oublier le dernier voyage que nous avons effectué ensemble, vous êtes déjà retournée à Londres, Cécile ? C'est une ville superbe, vous savez ? Non, ne me dites pas que je vous en ai dégoûtée. Si ? Non ! Réellement ? Alors, il faut réparer ça, hein, ni une, ni deux, laissons de côté travail, conjoint, progéniture, disparaissons quarante-huit heures en Angleterre et plus si affinités.

Chiche ?

Chiche.

Tout de suite.

Enfin, dans deux ou trois minutes.

Le temps que je m'habitue au tournant que nous allons prendre, ensemble.

Non, c'est moi, aussi.

Il faut quand même être lucide. Je n'étais pas le genre de fille sur laquelle on se retournait. Et je ne faisais rien pour. Je préférais les habits amples, les sweat-shirts informes, les mecs devaient penser que je passais mon week-end affalée devant la télévision. C'était souvent pour eux une bonne surprise, quand je me déshabillais. Ils remarquaient que j'avais un corps.

Ajoutez la timidité.

Non, ce n'est pas ça. Je ne me suis jamais considérée comme timide. Simplement, je n'avais pas envie de batailler pendant des heures pour imposer mes goûts ou mes points de vue, pour défendre tel film, tel groupe, tel homme politique. Quelle vanité. Je les regardais tous, petits coqs sur leurs ergots, en train de bomber le torse et de parler fort. Et parfois, au milieu de la basse-cour, des poules gloussaient en picorant autour des coqs, des paonnes étalaient leur plumage, parce que leur ramage était détestable – et aussi des oies cendrées. Ces pasionarias prenaient à cœur tous les sujets et montaient dans les octaves pour tenir tête aux rois de la ferme, autre manière de se faire remarquer et de séduire. Ça marchait. Les hommes aiment bien qu'on leur résiste. Ça réveille leur instinct de chasseur. Je n'étais pas de cette trempe-là.

J'étais pire.

J'étais de celles dont on pense qu'elles ont le regard éteint, simplement parce qu'elles cachent sous des masques inexpressifs un véritable mépris pour toutes ces joutes, pour tous ces chevaliers servants en carton-pâte et ces princesses de pacotille. Et surtout pour elles-mêmes. Je me méprisais autant que je les dédaignais. Joli tableau.

Mais rien ne transparaissait.

Je suis consciente de ce qu'on disait de moi à l'époque. Gentille. Pas contrariante. Pas inventé l'eau tiède. Silencieuse. Réservée. Un peu creuse, non ? Cela dit, on peut toujours compter dessus.

Est-ce à cela qu'il songeait, sous les draps, Philippe Leduc ? Non. Il ne devait penser qu'à son érection, qu'il avait du mal à maintenir. Il devait convoquer les images de filles plus brillantes que moi, des actrices célèbres, des rockeuses sanglées de cuir – avec comme seul but, tenir, tenir encore. Et pour quoi faire ? Pas pour mon plaisir, il n'en avait cure. Même pas pour le sien. Juste pour sa fierté. Pour se dire « oui, j'y suis arrivé ».

On a loupé quelque chose, hein, Philippe ?

Parce que nos corps s'imbriquaient bien, parce que tu oubliais ta peur parfois, ton obsession de la performance, parce que nos peaux glissaient l'une sur l'autre et que la tendresse qui s'en dégageait nous surprenait tous les deux. Nous ne savions pas que la vie était longue, que les alliances allaient se modifier, que nous n'aurions de toute façon plus envie de nous vanter, le temps passant. Nous ne savions pas que nous aurions pu faire un amalgame réussi, un de ces couples qui se comprennent intimement et se jettent des regards entendus quand quelqu'un d'autre pérore.

Tu te souviens de l'après, quand même ?

Après l'amour. Ma main sur ton torse. La sueur sur ton épaule. Mes doigts qui descendaient et montaient. Cou, ventre, sexe, il était encore humide. Ta poitrine qui se soulevait. Et tes yeux. Tu me remerciais en me regardant. Tu plongeais vraiment dans mon regard.

Et tout était facile ensuite. La fluidité de nos répliques. Nos corps nus dans la chambre – tout semblait naturel. J'aimais ton corps. C'est pour ça que je m'en souviens si bien. Avant toi, il y a eu des corps qui m'indifféraient, et d'autres qui me donnaient presque envie de rire. Rien qui ait accroché mon imagination. Après – même topo. J'ai admiré celui de Luc, bien sûr – il semblait être fait pour le sexe. Mais je n'ai jamais retrouvé la familiarité que j'avais avec le tien.

Je te parle, Philippe. Je te fais une déclaration à vingt-sept ans de distance, je te fais une déclaration alors que tu ne ressembles plus à rien, alors que personne ne te remarque plus, que tu as plongé dans l'anonymat de la cinquantaine où nous semblons tous gris et flous – à peine une remarque parfois, cruelle : « il a dû être bel homme », « elle en a certainement fait tourner, des têtes ».

Je te parle, et tu ne peux pas m'entendre.

J'essaie l'ironie.

J'essaie de casser cette vaguelette qui monte à l'intérieur et qui menace de grossir et de se transformer en lame de fond au moment où nous rentrerons au port – la gare de l'Est, encore trente minutes, je viens de jeter un coup d'œil à ma montre. Trente minutes pour nous jeter à l'eau, parmi les débris des années écoulées, en espérant trouver une planche, un toit, un bateau à la dérive – pour tout recommencer.

Qu'est-ce que je raconte ?

Surtout pas.

Rappelle-toi la dernière nuit à Londres. Rappelle-toi le timbre de sa voix dans la chambre ce soir-là. Et de l'après-midi qui avait précédé. De ses impatiences. Tu n'étais plus intéressante. Tu ne l'attirais plus. Les mots lancés comme des javelots. Les remarques blessantes – sur ta façon de t'habiller, sur ton manque de vernis, de brillant, « une fourmi dans un carré de gazon, même pas la reine des fourmis, oh non, certainement pas, une fourmi parmi toutes les autres fourmis, la Fourmi par excellence, aucun recul, aucune ambition, rien pour la distinguer des autres ».

Je me souviens de tous les mots.

Je n'en suis pas surprise.

Je les avais gardés tapis dans la mémoire. Je les ai combattus, mais je savais pertinemment que je ne les avais pas détruits.

D'où ça venait, tout ce mépris ? Tu n'aurais pas pu, simplement, me sortir quelques répliques anodines, prendre l'air embarrassé et me signifier la fin de notre relation ? Rester digne. J'aurais encaissé le coup. Je m'étais attachée, au bout de quatre mois – mais je restais lucide. Je savais qu'un jour prochain, tu te lasserais de moi.

Tu voulais retourner à Camden Town. Nous y étions allés la veille, j'avais trouvé le quartier glauque et d'un intérêt limité. J'ai soupiré. J'aurais préféré traîner dans Chelsea ou dans Belgrave. Marcher au hasard, observer la vie des habitants – me fondre, tu avais raison, c'est ce qui m'a fait le plus mal –, me fondre dans le décor. C'est le soupir qui t'a fait exploser. La fameuse goutte d'eau. Le fétu de paille qui brise le dos du chameau, comme disent les Anglais. La goutte d'eau qui noie la fourmi.

La fourmi.

Tu sais que j'y ai repensé souvent ?

On n'imagine jamais que certaines phrases vont rester ancrées, plantées comme des échardes – et qu'elles vont revenir tout dévaster à certains moments de l'existence.

Mon grand-père avait fait Verdun. Il était très jeune. Un obus a éclaté à quelques mètres de lui. Il en a gardé des éclats dans ses jambes toute sa vie – de temps à autre, au passage des saisons, l'obus en miettes se rappelait à son bon souvenir.

Cette phrase-là, c'était un obus.

Il y a quelques années, huit ou neuf, Valentine était à l'école primaire, nous sommes rentrées à la maison un soir, et la cuisine était envahie par des milliers de fourmis volantes. Elles avaient établi un nid sous l'évier, dans un creux du mur, et nous n'avions rien remarqué. Valentine hurlait et moi, moi qui suis d'habitude le roc de la famille, celle qui sait comment poser du carrelage, gâcher du plâtre, changer une roue mieux que Luc, discuter nombre de chevaux et aérodynamisme, moi qui rembarre les démarcheurs téléphoniques et les agents immobiliers curieux, là, je me suis effondrée. Sur les fourmis volantes – qui me traitaient elles aussi d'égal à égal, qui me grimpaient dessus, m'accueillaient parmi elles, enfin tu es de retour. Pendant quelques minutes, je suis devenue folle.

Valentine s'en souvient.

Luc aussi.

S'il n'était pas rentré juste après nous, je ne sais pas ce qui serait arrivé.

J'ai lutté pourtant.

Je n'ai fait que ça, quand je suis revenue de Londres. Tout était très clair dans mon esprit. Ce que je ne supporterais plus. Ce que j'allais devenir. J'ai suivi à la lettre toutes les décisions que j'ai prises cette nuit-là. Elles ont bâti ma vie. Elles ont donné un sens à mon parcours. Plus jamais une fourmi. Plus jamais ce fiel-là.

Personne, aujourd'hui, n'oserait me comparer à une fourmi. Vraiment, cela ne viendrait à l'idée d'aucun de ceux qui me connaissent.

La seule, parfois, qui sent encore les pattes qui bougent, l'acide formique, la carapace, c'est moi et moi seule – et c'est à cause de toi, Philippe Leduc.

Je devrais te dire ça.

Je me retourne vers toi.

Tu as l'air tellement perdu. Tu ne remarques même pas que je t'observe. Tu es dans un de ces moments où tout se relâche – les muscles, la peau, la conscience – quand l'esprit divague et que s'accumulent les déceptions et les sentiments de ratage. On n'a qu'une envie quand on te voit comme ça, tu sais, c'est de te passer un bras autour des épaules et de te dire que ce n'est pas si grave, que ça va aller.

Et toi, tu dois penser à ce que tu n'es pas devenu – cet homme brillant et mordant que tu semblais destiné à être. Quelqu'un qui marque les esprits. Qui pose dans les magazines. Un Mathieu Coché. Est-ce à cela que tu réfléchis, Philippe ? À cet échec dans les grandes largeurs qui te fait prendre le train de 06 h 41, comme moi ?

Sauf que moi, grâce à toi, je ne suis pas celle que je parais être. Même si la fourmi en moi m'a poussée, une fois de plus, à prendre le train en seconde classe, alors que j'aurais largement pu me permettre une première.

J'essaie de te sonder, ton visage à quelques centimètres du mien – mais je n'y parviens pas.

Tu es insondable, Leduc.

C'est là ton moindre défaut.

Nous prendrions l'Eurostar.

Cet Eurostar qui n'existait pas quand nous sommes allés à Londres tous les deux.

Je ne m'en suis pas voulu.

C'est ça, le pire, je crois. Maintenant, oui, bien sûr – mais à l'époque, non. Je me suis dit bon débarras, ou quelque chose dans ce goût-là. Classe. J'étais très classe, à l'époque. Je ne doutais de rien.

Elle avait commencé à m'agacer – peut-être même avant le départ pour Londres. De petites choses. Sa façon de fixer le sol pendant que je lui parlais. Sa préférence pour les films où il ne se passe rien. Son côté goguenard – elle me regardait en coin, et je sentais bien qu'elle n'était pas dupe du jeu de séduction. Son ironie discrète. J'avais besoin qu'on m'admire. Qu'on me monte sur un piédestal.

Je ne cherche pas d'excuses.

Et puis elle prenait du pouvoir.

Insidieusement.

Cette fille qui ne payait pas de mine, qui avait un visage quelconque avec des cheveux mi-longs un peu frisés et des vêtements qui sortaient tout droit de l'hypermarché. Elle m'écoutait parler. Ceux qui écoutent se retrouvent toujours en position de supériorité – ils ne confient rien, restent entiers, intacts, alors que vous laissez voir vos failles.

Et puis elle.

Non, j'ai du mal à sortir ça.

Des années après, j'ai encore du mal à sortir ça.

C'est dingue comme la sexualité peut nous hanter encore, après tout ce temps.

Comment dire ? Elle savait m'amadouer ? Me faire bander ? Me faire tenir ? Me rassurer ? Tout ça en même temps. J'aurais dû ressentir de la gratitude. C'était l'inverse. Je me figurais qu'un jour, elle irait se moquer de moi sur la place publique. C'est idiot. Mais quand on a vingt ans, on n'a pas de recul, on ne voit qu'une toute petite partie du tableau.

Quand elle a claqué la porte ce soir-là, j'ai été soulagé.

Je me suis retrouvé dans la nuit londonienne. Accompagné et seul tout à la fois. J'avais mal à la tête. L'alcool rendait mes gestes approximatifs – et pourtant, j'étais soulagé.

Un poids en moins.

Je ne comprends pas, aujourd'hui. Je ne me comprends pas.

Je parlerai de tout ça à Mathieu.

Ce sera un bon sujet de conversation, au départ. Peut-être même qu'en tirant sur les anecdotes, en faisant revivre le monde d'il y a un quart de siècle, nous tiendrons trente ou quarante minutes. Une heure. Et après, il sera apaisé. Oui, c'est bien, je vais lui parler de Cécile Duffaut.

J'ai peur.

Je le sais parce que la veine, à droite de mon cou, s'est mise à battre.

À moins que ce ne soit un nerf.

Est-ce qu'on a des nerfs dans le cou ?

Je ne sais pas dans quel état je vais le trouver.

Ma dernière visite remonte à dix jours. Il voudrait que je vienne plus souvent. Il voudrait que je sois là tous les jours. Il voudrait que tout le monde soit là tous les jours, mais depuis qu'il est à l'hôpital, les autres ne viennent plus. Ils téléphonent parfois. Ils envoient des cadeaux. Des SMS. Mais ils ne se déplacent pas. Chaque fois, il y a un empêchement. Ils avaient tout préparé, c'était sûr et certain, croix de bois croix de fer si je mens je vais en enfer, nous serons là demain après-midi, et puis deux heures avant l'arrivée, tandis que l'impatience de Mathieu commence à monter, ils appellent, ils sont désolés, la voix contrite, vraiment, c'est impossible, une émission de première importance, une rencontre qui va changer leur vie, une panne totalement imprévue de lave-vaisselle qui déborde dans la cuisine. Mathieu qui s'efforce de sourire (et moi qui ai envie de hurler : « Mathieu, c'est un TÉLÉPHONE, ils ne te voient pas, cesse de sourire »), et qui répète d'une petite voix lasse que ce n'est rien, ce n'est pas grave, une autre fois – et qui leur trouve des excuses après tout, c'est vrai, ils ont leur vie à vivre.

Je ne réponds rien.

Je pense : Ce n'est pas comme moi.

Je me voudrais ironique, je ne le suis qu'à moitié. Parce que, après tout, c'est vrai, ce n'est pas comme moi.

Moi, je n'ai rien de spécial à faire, à part mon boulot et ma famille divorcée.

Le cancer de Mathieu, c'est un événement pour moi.

J'ai une existence palpitante.

C'est arrivé il y a quelques mois maintenant. Un peu après la rupture avec Astrid. Il n'était pas très en forme. Il perdait du poids – normal, il ne mangeait presque plus. Il n'avait ni envie de sortir, ni envie de recevoir. Il avait très souvent mal à la tête. Il était lui-même très surpris. Il ne pensait pas que cette séparation l'affecterait autant.

— Combien de temps ça a duré en tout ?

— Dix mois. Un an.

— C'est peu dans une vie.

— Je sais. C'est pour ça. Je ne comprends pas pourquoi je n'arrive pas à me secouer.

— Tu vieillis.

— Sûrement. Et puis tu sais, quand je te vois, toi et tes enfants, je me dis que j'ai peut-être raté quelque chose.

— Moi et mes enfants, tu ne risques pas beaucoup de nous voir ensemble. Ils ont trouvé un père qui correspond exactement à ce qu'ils désiraient.

— Arrête un peu. Tu sais bien que tout le monde n'a qu'un seul père.

— Je n'en suis pas convaincu.

— Enfin, moi, je ne le saurai jamais, vu que je ne suis pas père.

— Va savoir. Tu as laissé ta semence dans tellement de corps féminins.

— Je suis sérieux, là.

— Regarde la vie que tu mènes. Qu'est-ce que tu ferais d'un môme ? Un enfant, ça a besoin de stabilité, de repères, d'habitudes.

— Ça dépend des enfants.

J'ai coupé court à la conversation. Je sentais qu'elle ne nous mènerait nulle part. Pour rebondir, j'ai dit : « Tu devrais peut-être quand même consulter. Si ça se trouve, ça n'a rien à voir avec Astrid. C'est juste physique. »

Ça lui a bien plu, comme idée, à Mathieu, le « juste physique ». Un truc qui n'encombre pas trop l'esprit. Rationnel. Explicable. Médical.

Ça lui a beaucoup moins plu quand les résultats sont arrivés.

Il est resté prostré pendant des heures. Il m'a appelé. Il avait une drôle de voix métallique. J'ai pensé au robot dans *Le Magicien d'Oz*. J'ai pris le premier train, c'était aussi celui de 06 h 41. C'était le milieu des vacances de février. Je me suis installé chez lui. Nous avons parlé comme nous n'avions jamais parlé. Quand je sortais, pour faire les courses ou juste pour faire une pause, il tentait d'appeler les gens qu'il connaissait, ceux que j'avais croisés dans les fêtes. Les répondeurs compatissaient. J'ai trouvé sa vie triste.

Dans les cafés parisiens, j'ai écrit des lettres à mes enfants. Je les enverrai peut-être un jour. Mais qu'est-ce qu'ils pourront y comprendre ? J'y évoque une kyrielle de noms qu'ils ne connaissent pas, des gens qu'ils n'ont jamais croisés, des lieux où ils ne sont jamais allés. L'histoire de ses parents reste à jamais opaque, et c'est sans doute mieux comme ça. J'ai caressé l'idée d'écrire un roman aussi. Je n'en ai pas le talent. Ni l'envie probablement.

Je me demande comment elle s'entend avec ses enfants, Cécile. Mes enfants, je ne fais que les entrevoir depuis qu'ils ont déménagé. Non, je suis injuste. Je ne crois pas vraiment que ça soit dû au changement, ni à leur nouveau beau-père. C'est l'âge. Ils se détachent. Un jour, nous sommes allés visiter la cathédrale, Loïc et moi. Il avait trois-quatre ans. Il se moquait de l'édifice comme de cet an quarante qui ne signifiera jamais rien pour lui. Il n'avait d'yeux que pour le ballon jaune que je venais de lui acheter. Un de ces ballons à hélium avec une tige blanche en plastique. J'aime bien traîner dans la cathédrale. C'est là que j'ai embrassé ma première conquête, derrière un pilier. Les églises, j'ai toujours trouvé ça érotique – le silence, le frais, la pierre, les gens qui risquent de passer, le trouble, la transgression. Je repensais à ce moment-là. Je me demandais ce qu'était devenue la fille en question, que je n'ai jamais revue – ou alors, sans la reconnaître. Loïc a lâché son ballon, au beau milieu de la nef. Le ballon est monté, monté, monté jusqu'à la rosace, plus haut encore, il s'est coincé sous un arc gothique, à dix mètres au-dessus de nous. Il paraissait tout petit. Impossible d'aller le rechercher. Loïc était inconsolable. Il n'a pas voulu d'un autre pour le remplacer. Il est rentré à la maison la mort dans l'âme.

Le lendemain, je suis retourné à la cathédrale. Le ballon était toujours là, à peine visible. Je suis revenu tous les jours. Je ne sais pas pourquoi. J'imaginais qu'un jour il crèverait ou qu'il se dégonflerait et retomberait au sol – à ce moment-là, je ramènerais les lambeaux de plastique à mon fils. Il me sourirait et les garderait. Un soir, le ballon n'était plus là. Aucune trace de lui, ni au sol ni dans les airs.

Les enfants, c'est comme ça. Comme les ballons d'hélium dans les cathédrales. On les lâche, ils s'envolent mais restent quand même à portée de vue, on leur fait des signes, on leur rend visite, ils sont tout en haut, ils sont loin, encore coincés sous nos arcs gothiques. Et un jour, on ne comprend pas pourquoi exactement, ils ne sont plus dans notre sphère.

Non.

Cesse de t'apitoyer.

Tu ne vas pas te mettre à chialer dans le train de 06 h 41 à côté de Cécile Duffaut.

Encore que.

Ça pourrait déclencher la conversation.

Non.

Il y a plus simple.

Laisser tomber quelque chose.

Un livre, un mouchoir, un crayon – elle le ramasse, nous nous faisons face, nous nous reconnaissons, la vie coule dans les corps, nos chemins prennent une autre direction.

— Excusez-moi, je… j'ai… enfin, mon stylo a…
— Je vous en prie.
— Ah, ça y est… je l'ai… Vous… pardon, mais vous ne vous appelleriez pas Cécile Duffaut ?
— Mergey.
— Pardon ?
— Mergey. C'est mon nom de femme. Cécile Mergey.
— Ah oui, oui, bien sûr. Désolé. Je suis…
— Je sais qui vous êtes.
— Ah. Bien. Bien, bien, bien.
— Ou pas.

Je sais.

Je ne pensais pas réagir comme ça.

Être aussi cassante, couper la conversation avant même qu'elle ne démarre.

Et tourner la tête ostensiblement vers la vitre – inutile d'y revenir.

Je ne suis pas charitable.

Mais toutes les images ont refait surface, d'un coup.

Tout ce que j'ai enfoui pendant des années. L'enchaînement des faits.

Nous étions à la cafétéria du musée d'Art moderne – la Tate Gallery, voilà, les noms me reviennent. C'était une pièce étrange, avec des miroirs sur les murs, de sorte que nos reflets se multipliaient à l'infini. J'étouffais. Nous ne nous adressions plus la parole depuis plusieurs minutes. Nous sentions notre dernière heure venue – je n'avais toujours pas compris quand tout avait basculé, mais cela n'avait plus d'importance. Cette aventure de quatre mois se terminerait là, dommage, nous aurions pu faire un beau couple, mais bon, je prenais acte du changement d'attitude, des mots blessants, je me renfermais, je clôturais le chapitre. J'ai terminé mon thé – j'avais commandé un thé alors que je détestais ça, simplement parce que j'étais ici, à Londres, et que l'instant était détestable –, l'odeur me soulevait le cœur, comme tout, soudain, cette ville, ce pays, cette langue, l'homme à mes côtés qui fixait les reflets dans le miroir d'un air absent. J'ai dit : « Je vais rentrer à l'hôtel », et il n'y a pas eu de réponse. Je n'en attendais pas.

Au départ, je voulais faire mes valises et prendre le premier train pour la France. Mais quand je me suis rendu compte que cela impliquait de passer la nuit assise dans un wagon inconfortable, être réveillée à une heure du matin pour prendre le bateau, traverser la Manche, débarquer à trois heures du matin heure française, reprendre le train à Calais pour Paris, changer de gare dans le brouillard puis un train pour Troyes, arriver à destination en fin de matinée, cassée, endolorie et blessée –, non, j'ai renoncé. De toute façon, j'étais sûre que Philippe ne remettrait pas les pieds à l'hôtel. Et s'il revenait, alors c'était pour mettre les choses au clair. Ou s'excuser. Il voudrait peut-être que je le rassure de nouveau. Que j'attende, les lèvres contre ses épaules. Que nous retrouvions notre intimité. Parce que, comme une gourde, j'y croyais encore un peu. Très peu. Mais encore. J'étais sûre que nous passions à côté d'une relation importante. D'une vraie aventure. Et qu'elle n'avait pas même commencé.

Le bed and breakfast était à l'écart de l'agitation. Dans le quartier de Bloomsbury. Cartwright Gardens. Je me souviens encore du nom de la rue. Ce n'était d'ailleurs pas à proprement parler une rue, mais un arc de cercle de bâtiments donnant sur un parc de poche avec un court de tennis totalement incongru, là, au centre de Londres.

Nous l'avions trouvé par hasard, en feuilletant un guide, dans une librairie en France. Il était trop cher pour notre budget, mais nous avions décidé que nous nous passerions de souvenirs et de cadeaux pour les amis restés ici. Heureuse intuition.

J'aurais tout jeté.

Encore que.

Au cours de la nuit, je me suis arrêtée dans un magasin ouvert vingt-quatre heures sur vingt-quatre, j'ai acheté de l'eau, un paquet de gâteaux, quelques friandises et – au dernier moment – un porte-clés. Deux drapeaux – le britannique et l'anglais. Je l'ai longtemps gardé. J'aimerais bien pouvoir dire que je l'ai sur moi, au moment où je repense à tout cela. Ce serait tellement romantique – alors que ça l'était tellement peu. Mais non. Valentine me l'a annexé au collège, pour la clé de son cadenas – et elle l'a perdu. Sur le coup, je n'y ai même pas pensé. Je l'ai juste disputée parce qu'elle avait perdu le cadenas.

C'est maintenant qu'il me manque. C'est idiot.

Alors nous avions pris ce bed and breakfast trop cher. La chambre était vieillotte et mal fichue – les fenêtres à guillotine fermaient mal, la moquette était rapiécée par endroits et le papier peint avait vu des jours meilleurs – mais il y avait un minuscule balcon qui donnait sur les toits. C'est là que je me suis installée en rentrant seule. J'ai regardé le soir qui tombait dans le ciel anglais – nuages, éclaircies, vent tiède, mauve, bleu, rose, jaune. Je me répétais un proverbe que j'avais appris quelques années auparavant. « *Every cloud has a silver lining.* » Autour de chaque nuage, il y a un trait d'argent. Je cherchais l'équivalent français – « À quelque chose, malheur est bon », « Après la pluie, le beau temps ».

J'en voulais, du beau temps.

Je me suis assise à même le béton, les genoux repliés, bras autour des jambes – je ne prenais presque plus de place. J'écoutais le bruit de la ville, son brouhaha, de temps à autre, la note discordante de la sirène des pompiers ou d'une ambulance. Dans les jardins de Cartwright Gardens, en bas, un couple jouait au tennis avec application. Elle jouait mieux que lui. Parfois, elle lui faisait répéter les mouvements, coup droit, revers. Ils ont bientôt abandonné par manque de visibilité.

Je sentais le picotement au bout de mes doigts.

Je ne voulais plus être celle qui observe. Celle qui absorbe. Celle qui se tient à l'écart et jette un regard indifférent au spectacle du monde. Je voulais être dedans. Réellement dedans. Je n'avais pas envie d'être artiste. J'aspirais à devenir une héroïne. Vivre des passions, des haines, des amours, des détestations, me jeter sur un lit en pleurant toutes les larmes de mon corps, me tirer les cheveux de désespoir, sauter de joie, me précipiter dans des bras, tenir des mains, tenir une main – et mener la danse.

Contre toute attente, ce fut un moment tendre.

Un de ces rares moments où on prend le temps de considérer ce qui va, ce qui ne va pas, ce qui pourrait changer, ce qui devrait changer – les sentiers qui se dessinent, les mares qu'on évitera.

La rupture était consommée mais je me suis couchée rassérénée – j'avais fait mon sac, j'étais prête à partir. Le lendemain, je laisserais un mot sur la table de nuit ou, si jamais Philippe était rentré, je lui passerais une main sur le front et je lancerais : « Sans rancune. À un de ces jours. » À moins que. Il serait alors temps de voir. De poser des conditions. Des plus jamais ça.

Je me suis endormie dans cet état d'esprit.

La fenêtre était ouverte – j'étais en harmonie avec la ville. Du vacarme, de la fatigue, mais aussi une formidable envie de muer. De devenir quelqu'un d'autre. Quelqu'un de bien. Ou tout du moins de respecté. Le travail avait commencé. Il aurait dû se faire naturellement, suivre son cours dans les mois et les années à venir. En fait, l'accouchement a été extrêmement rapide.

Et l'obstétricien a tout gâché.

Je sens ma bouche qui se contracte tandis qu'apparaissent les prémices de la banlieue parisienne.

La banlieue parisienne, c'est là où je vis maintenant – au milieu de centaines de milliers d'autres personnes. Mais je ne suis pas une fourmi. Je sais ce que je veux. Et surtout, je sais ce que je ne veux pas.

De toi, Philippe.

Je ne veux pas de toi.

Les souvenirs se superposent.

C'est épuisant, comme trajet.

Je n'avais pas besoin de ça.

Ce dont je rêve, en arrivant, c'est de trouver un hôtel et de dormir dans une chambre anonyme, confortable, où personne ne me demanderait rien. Je prendrais la sortie derrière la gare de l'Est, celle où personne ne descend – Château-Landon –, je louerais la première chambre de libre au *All Seasons*, l'ascenseur serait rempli de Japonais en goguette, je m'affalerais sur le lit. En me réveillant, je serais une autre personne.

J'aimerais tellement être une autre personne.

J'ai toujours voulu être une autre personne. Plus indisciplinée. Plus intelligente. Brillante. Une comète. Quelqu'un qu'on regarde passer dans son ciel et dont on parle à ses enfants des années après avec des étoiles dans les yeux. Un Mathieu Coché. Pourtant, c'est drôle, à l'adolescence, ce n'était pas gagné. Mathieu, c'était un peu mon sparring-partner. Celui qui vient passer les auditions à vos côtés pour vous donner la réplique

– mais qui n'est jamais retenu. Je ne comprends pas ce qui a fait la différence. L'adversité, peut-être. Rien n'était facile pour lui à ce moment-là, et moi, ça tombait dans mon escarcelle, les amours, les amitiés, les séductions, c'était simple. La première qui m'ait vraiment quitté, c'est Cécile Duffaut. Elle ne pouvait pas faire autrement.

J'avais été odieux.

Je me souviens de la fin, à Londres. Il ne faut pas croire. On pense avoir oublié, mais on nage dans la plus pure hypocrisie. En fait, je suis persuadé que les gens ont une mémoire bien meilleure que ce qu'ils prétendent.

J'avais traîné toute la fin d'après-midi. Au début, j'étais content de pouvoir être seul. C'est difficile d'expliquer à la personne avec laquelle tu es, à cet âge-là, le besoin de solitude – de n'être pas collé ensemble vingt-quatre heures sur vingt-quatre. C'était la première fois que nous nous retrouvions ensemble pendant des jours entiers. Dans une ville étrangère. Cela aurait pu nous rapprocher si nous avions été vraiment amoureux, je suppose. Ce n'était pas le cas. Je dis « je suppose », parce que plus le temps passe, et plus je me demande si j'ai jamais été amoureux. C'est comme s'il y avait autour de moi une fine couche de plastique qui m'éloignait des autres. Mais c'est peut-être la même chose pour tous. Tout être humain se demande ce que ça peut bien signifier « être amoureux ». Ce qui s'en rapproche le plus, chez moi, c'est l'envie de partager la vie quotidienne de l'autre – la mauvaise haleine du matin, le confort d'une nuit sans sexe, la préparation du déjeuner pour deux puis pour quatre, le télé-crochet du samedi soir à la télévision. Je suis conscient que ça n'a rien d'excitant.

En fait, j'aurais été assez content de partager le quotidien de Cécile Duffaut. Nous nous entendions bien. Simplement, à vingt ans, ça ne suffit pas. On rêve de trucs qui font monter au plafond, de passion à crever, de crises de nerfs, de cœur qui bat la chamade. Tant qu'on ne connaît pas ça, on est persuadé qu'on fait mauvaise route, que la relation n'en vaut pas la chandelle.

Au bout d'un moment, on se rend compte que cela n'arrivera pas.

Alors soit on se résigne, soit on joue la comédie. On se comporte comme les héroïnes du XIXe siècle, on soupire, on criaille, on pleure – on ment. Et autour de vous, on appelle ça de l'amour.

Christine et moi, cela n'avait rien à voir. Il n'y a pas eu de coup de foudre. Nous fréquentions le même cercle d'amis. Nous nous sommes côtoyés, observés, flairés pendant des mois. Je l'ai invitée à une fête. Nous sommes rentrés ensemble. Tout était très fluide, très naturel. Depuis, j'envisage l'amour comme une fluidité.

Est-ce que c'était fluide entre Cécile et moi ?

Oui.

Je regarde une femme d'une trentaine d'années à l'air fatigué, un peu plus loin dans le wagon. La tête d'un enfant qui dort sur ses genoux.

Oui.

Un adolescent qui dodeline de la tête en écoutant une

musique que les autres passagers n'entendront jamais, mais qui explose dans ses oreilles.

Oui.

Un vieil homme qui marmonne en lisant un magazine dédié à la vie intime des riches et célèbres.

Oui.

Et nous, l'un à côté de l'autre – nous aurions pu être un couple. Jouer le jeu.

Mais je ne suis pas sûr que Cécile Duffaut soit le genre de femme à jouer le jeu. Elle m'a reconnu. Elle ne veut pas me parler. Elle a raison.

J'étais presque à l'hôtel. Je l'apercevais sur le balcon. Je n'ai pas eu envie de revenir, d'expliquer, de parlementer, de négocier. Je croyais qu'elle aurait fait ses bagages. Je suis allé dans le pub au coin de la rue. Aucun souvenir de son nom. La couleur simplement. Rouge, avec des lettres dorées.

Les gens du quartier commençaient à affluer. J'ai pris trois ou quatre pintes. Assez pour faire tomber les barrières de la langue. J'ai fraternisé avec un groupe de Britanniques de mon âge qui planifiaient une excursion en France pour aller draguer de belles filles, parce que les Françaises, etc.

Des bœufs.

Comme il y en a dans tous les pays.

Repérables surtout dans les bars, après les heures de bureau. Des troupeaux de gars qui rient gras, se renversent de l'alcool sur les tee-shirts et se disent prêts à tout pour tirer un coup. Je ne comprenais pas la moitié de ce qu'ils racontaient mais cela n'avait aucune importance. J'étais bien. J'étais un bœuf. Ce n'est pas de l'amertume. Ce n'est pas du mépris. C'est juste un constat.

Il y en a un qui faisait des blagues racistes sur les Pakistanais – et moi, je riais comme un imbécile. Je riais, mais ça me mettait mal à l'aise, parce que, dans mon pays, je vomissais sur les intolérances. Plus tard dans la soirée, j'ai parlé à Andrew, qui était plus taciturne. Il se saoulait avec méthode, pour oublier qu'il n'avait pas de petite amie depuis plus d'un an. C'est avec lui que je suis allé en boîte de nuit.

C'était une de ces discothèques improbables qu'on trouve parfois dans les pays anglo-saxons. Une église transformée en piste de danse. Un lieu de culte pour le corps et l'apparence. Il y avait deux ambiances distinctes selon qu'on se trouvait dans la chapelle ou dans la nef. Dans la nef, la musique occupait tout l'espace et la lumière éblouissait – la foule était dense, il était difficile de se frayer un passage jusqu'au bar. Les basses tambourinaient dans les tympans et bloquaient toute pensée. Andrew ne dansait pas. Il restait assis sur l'un des bancs en bois que le concepteur du lieu avait conservés. Il ingurgitait bière sur bière en regardant fixement devant lui. À un moment, il a disparu. Je revois bien son visage d'alors. Je l'imagine marié, divorcé, un enfant, responsable d'un magasin de téléphonie mobile dans un quartier périphérique de Londres.

Si je le croisais, je ne le reconnaîtrais pas.

Kathleen non plus.

Non, bien sûr que non.

Déjà le surlendemain, je l'avais oubliée. Dans le train pour Paris, je repensais aux trois jours qui venaient de s'écouler et je ne parvenais pas à me rappeler son visage. Seulement de ses cheveux teints en blond, dont on voyait les racines brunes. L'inverse de Cécile Duffaut. Cécile Duffaut ne se serait jamais teint les cheveux.

Je me demande si, aujourd'hui encore, ça la gêne aux entournures, Kathleen. Si à certains moments de relâchement, pendant un barbecue avec des collègues ou en voiture avec ses enfants, elle plisse les lèvres en une moue désagréable parce que sa mémoire a frôlé cet instant-là. Son mari, à ses côtés, prend l'air surpris. Elle fait un geste pour signaler que ce n'est rien du tout. Un truc qui est mal passé. Elle prendra un comprimé en rentrant. Elle digérera.

Est-ce que j'ai digéré ?

Oui. C'est ça, le pire.

J'ai raconté n'importe quoi.

Que je faisais des études en France pour devenir pilote d'hélicoptère – pour sauver les alpinistes en perdition. Ce genre d'idioties. Et plus je débitais des mensonges, plus je commençais à y croire. Je devenais enfin quelqu'un d'autre. Kathleen n'avait pas quitté l'air boudeur qu'elle affichait quand je l'avais abordée, mais elle n'était pas non plus allée voir ailleurs. Elle avait du mal à s'empêcher de sourire, parfois, à cause de mon accent. Nous étions dans la deuxième salle, dans la chapelle. Bien plus sombre, avec des banquettes rouges et des lumières tamisées. La musique de la piste de danse nous parvenait, étouffée – seules les basses faisaient vibrer les murs. Autour de nous, il n'y avait que des couples en devenir. Une *backroom* dans une église. L'Angleterre que je souhaitais voir. Pas celle des touristes en couple qui marchent dans les parcs en se montrant les cygnes et les jonquilles ou qui déambulent dans les salles de musée.

Elle a voulu danser.

Elle portait une de ces robes à dentelles noires qui étaient à la mode. Avec un foulard léopard dans les cheveux. Un rouge à lèvres agressif. Une attitude provocante. Un ersatz de Madonna dans les rues londoniennes. Une parmi des milliers.

À un moment donné, elle a bâillé sans grâce, j'ai cru que tout était fichu, mais non, elle a simplement dit qu'elle était crevée, qu'elle avait eu une semaine difficile, qu'elle habitait en banlieue, assez loin, qu'il n'y avait plus de train ni de métro, que le taxi coûterait trop cher et n'accepterait de toute façon pas de l'amener dans le coin où elle vivait, à cette heure-ci de la nuit, tu es à l'hôtel ?

— Oui.

— On y va ?

— Il y a juste un problème. Je… Enfin, je partage la chambre d'hôtel avec ma sœur.

— Ta sœur ?

— Oui, on est venus à deux, à Londres.

— Ah.

— Mais normalement elle ne doit plus être là, elle devait repartir en France ce soir.

— Alors, il n'y a pas vraiment de problème.

— Non, c'est vrai. Ou alors on trouvera une autre chambre dans un autre hôtel.

— Je ne suis pas une pute.
— Je n'ai jamais pensé ça.
— Soit on dort dans ta piaule, soit niet.
— Niet quoi ?
— Bon, on décolle ?

Je me souviens de cette marche dans la nuit de Londres. Nous ne nous parlions pas. Je ne savais même pas son nom de famille. Et tout ce qu'elle avait appris sur moi était faux. Elle n'était pas dupe de toute façon. Elle avait envie d'une nuit avec moi et, accessoirement, d'un lieu pour dormir. Je préfère penser que c'était dans cet ordre-là.

Pendant que nous marchions, je me demandais si je pouvais tout arrêter. Expliquer que « Non, Cécile et moi, tu comprends… Je ne sais pas ce qui m'a pris. Ce n'est pas bien. Est-ce qu'on peut se revoir demain ou un autre jour ? Vraiment, ce soir, ce n'est pas possible, mais j'aimerais beaucoup, énormément, à la folie, embrasser tes seins. »

Et les mots ne venaient pas.

Il y avait une demi-heure de marche de la cathédrale-temple de la nuit jusqu'à Cartwright Gardens, et je me retrouvais à prier le Saint-Esprit – Cécile serait partie finalement, et tout serait simple, on se réconcilierait plus tard, en France, je m'aplatirais en excuses, je promettrais, elle ne saurait jamais rien de Kathleen Sans Nom. Ou alors la dénommée Kathleen se rappellerait un rendez-vous très important à trois heures du matin, il faudrait absolument qu'elle retourne tout de suite en banlieue, elle me filerait son numéro de téléphone et son nom, enfin elle dirait demain, même heure, et demain, même heure, je serais là, j'aurais réglé le problème Cécile, repartie avec armes et bagages, au revoir, deux bises sur les joues, sans rancune, hein ?

Parfois, à vingt ans, on ne sait pas bien faire face aux situations.

Parfois, à quarante-sept, on n'est pas mieux.

Je suis à côté de Cécile, et je voudrais lui dire que je suis désolé.

Même si aujourd'hui, cela n'a plus aucune importance.

Même si ce qui est important aujourd'hui, c'est que je vais voir Mathieu et que c'est peut-être la dernière fois.

Et que toutes ces années-là me sautent à la figure dans le train anodin de 06 h 41 qui vient de passer les magasins de Rosny 2. La banlieue parisienne s'étale de l'autre côté des vitres, je n'aurais jamais pu vivre ici.

Pourtant, j'y aurais peut-être mieux vécu.

Je ne peux pas endiguer le flot des images. Je voudrais pourtant. Je suis épuisée. Le week-end avec mes parents a été pire que prévu. C'est la première fois que je les trouve vieux, vraiment vieux, pas seulement plus âgés que moi, mais proches de tout ce qui va advenir, l'incapacité physique, la maison de retraite, la dépendance, tout ce à quoi je n'ai pas voulu penser jusque-là, tout ce que j'ai évité en choisissant comme compagnon un homme indépendant, libre de toute attache familiale. Il ne se verrait habiter nulle part ailleurs qu'à Paris, il lui faut la grande ville, la capitale, des corps qui bougent, du bruit, de la distraction, de l'anonymat.

Moi aussi, jusqu'à présent.

Je suis arrivée plus tard que lui à Paris. Mais j'étais dans le même état d'esprit. Me faire happer par une foule, choisir les gens que je rencontre et ne plus les subir parce qu'on n'a pas le choix, parce que la province réduit les possibles, parce que les vies se rapetissent.

Aujourd'hui, je suis moins sûre de moi.

Valentine est devenue une adolescente parisienne,

sûre d'elle, consciente des enjeux, connaissant les rencontres à éviter et celles à cultiver, ayant intégré les codes sociaux et ceux de la rue – rusée, surtout, terriblement rusée. À côté d'elle, au même âge, j'étais une oie. Une oie qu'on faisait dorer au four et qu'on dépeçait. Je suis fière de Valentine. On ne la dupera jamais comme on m'a dupée. Je l'observe. Dans ses amours, dans ses amitiés, c'est elle qui mène le combat. C'est moi, davantage encore que Luc, qui l'ai désirée ainsi.

Ma mère tremble.

Elle ne tremblait pas avant. Elle tremble de la tête, quand elle prépare le repas, quand elle le sert, elle ne s'en rend pas compte, j'ai envie de le lui faire remarquer, je n'ose pas. Je me demande si elle va trembler de plus en plus jusqu'à ce que son cerveau se désintègre. C'est de ça que j'ai rêvé cette nuit. Je me suis réveillée en sursaut, je venais de voir ma mère disloquée, automate cassé et sanglant, sur la moquette du salon.

Cette nuit-là aussi, je me suis réveillée en sursaut.

J'entendais des voix – deux. Je reconnaissais la sienne. Mais l'autre. Féminine. Anglaise. Ennuyée. Qui disait quelque chose à propos d'une sœur. La sœur de Philippe Leduc. J'ai saisi la situation en une seconde. Je me suis redressée. Je n'ai pas eu à me couvrir. Je m'étais endormie tout habillée. Il n'avait allumé que la lampe de chevet. La fille restait dans le noir. Je n'apercevais que son costume de boîte de nuit – une copie conforme de Madonna dans *Recherche Susan désespérément*. J'ai pensé à des films, je me voyais en Rosanna Arquette dans *After Hours* – la scène était insensée, l'heure correspondait, au réveil, il était trois heures et demie. Je n'ai pas eu besoin d'un dessin. Je ne pensais pas qu'il descendrait aussi bas, mais avec Philippe Leduc, décidément, on pouvait toujours atteindre des étages inférieurs.

Quelques minutes.

Ça n'a duré que quelques minutes.

Je n'ai pas prononcé une seule parole.

Ça m'étonne aujourd'hui. J'aurais pu incendier, humilier, rager, baver – mais j'avais juste le dégoût. C'est ça, le dégoût.

Le dégoût des jours où ma grand-mère paternelle se faisait frapper par mon grand-père. Je passais de temps à autre le week-end chez eux. Il n'était même pas saoul. C'était un mode de fonctionnement normal pour lui. Quand j'en ai parlé à ma mère, elle a refusé que j'y retourne. Mon père n'a pas insisté. Le mal était fait pourtant. La silhouette de ma grand-mère qui se plie et qui tente de se protéger pendant que je cours me réfugier dans la grange.

Le dégoût quand j'entends le père de ma meilleure amie, ma voisine Claudie, hurler des insanités à sa femme – une pauvre créature qui a peur de tout. Elle devient une catin, une pute à marins, un vase, tout y passe. Quand je croise Claudie, une heure après, nous faisons comme si de rien n'était – mais elle sait que je sais et elle a cette honte chevillée au corps.

Le dégoût de ce mec qui me suit. Je sais qu'il en a après moi. J'ai refusé ses avances à une soirée, le mois dernier. Je suis au lycée. En première. Je descends l'avenue qui me ramène au centre-ville. Il est en moto. Il a arrêté le moteur. Le chuintement de ses pneus sur le bitume. Je me concentre sur le trottoir. On m'a dit qu'il ne fallait pas se retourner, que ça les rendait dingues. Je sens mon menton trembler, mais je ne pleurerai pas, je serai valeureuse. Il reste cinq cents mètres. Sa voix. Mon prénom. Le son de la béquille. Il court. Il m'attrape le bras. Je veux beugler « Quoi ? », mais les mots se bloquent dans ma gorge. Il tente de m'embrasser. Je frappe. Il lève la main. Un homme passe et hurle : « Ça va pas, non ? Vous voulez que j'appelle la police ? » Son geste s'arrête net. Il recule. Il trébuche. L'homme reste à mes côtés. La moto démarre. L'homme dit : « Vous devriez porter plainte. » En passant devant moi, le garçon à la moto crache et me traite de pute.

Tous ces dégoûts-là.

Tous ces dégoûts que tu ne peux connaître que quand tu es une fille.

Tu en ajoutes un, ce soir-là, Philippe Leduc.

Et pas un des moindres.

Jamais je ne m'étais sentie aussi encombrante.

Ni aussi humiliée.

Je me suis affairée dans le plus profond des silences. Dehors, même Londres s'était endormie. J'ai ajusté mes vêtements, me suis passé de l'eau sur le visage, vérifié que j'avais mes papiers, le billet de train, l'argent dont j'avais besoin. Très professionnelle. J'avais l'impression de jouer dans un film, un de ces films à suspense en noir et blanc où les héroïnes dorment dans des motels et puis disparaissent. Je n'éprouvais rien – à part cette fatigue, d'avance, parce qu'il était trois heures et demie du matin, que j'allais marcher jusqu'à Waterloo Station, que c'était loin, et que la ville, à cette heure-là, était pleine de garçons à moto prêts à me coller. En sortant, j'ai réussi à lancer d'une voix que je voulais guillerette « Bonne soirée ! » – mais je savais que, pour eux aussi, tout était gâché. La fille affectait un air blasé, mais sous son maquillage et son costume, elle était inquiète. Pour moi. Elle se demandait où j'allais comme ça. Elle établissait un parallèle entre elle et moi. Une sororité. Le mot m'a presque fait sourire. En passant devant elle, j'avais chuchoté : « *I'm not his sister, you know.* » Mais elle savait, bien sûr. Elle avait tout deviné.

Et d'un seul coup, j'étais dehors.

Il faisait bon – une nuit atrocement agréable.

Londres en juillet.

Si j'avais fumé, j'aurais allumé une cigarette.

Je me suis assise sur le banc, en face de l'hôtel, et j'ai dit à haute voix : « Deux minutes ! »

Deux minutes pour souffler. Deux minutes pour changer de vie aussi. Et là, évidemment, j'ai pleuré. Je m'en suis voulu tout de suite. Je ne voulais pas être la caricature de la fille larguée qui craque. Je ne voulais plus ressembler à qui que ce soit. Ce que je souhaitais désormais, c'était de la dignité, du respect, de l'insolence, de la détermination.

J'en avais soupé, de la fourmi.

Je pensais que j'allais trouver un coin pour finir ma nuit – entrer dans un parc, marcher dans l'herbe mouillée, me refugier dans un buisson ou sous un arbre, étendre une serviette de toilette en guise de matelas, transformer mon sac à dos en oreiller, me recroqueviller en espérant que personne ne m'aborde ni ne vienne m'agresser, tenter de me détendre en écoutant le réveil des oiseaux.

Mais quand j'ai commencé à marcher, j'ai su que cela ne se passerait pas comme ça. En arpentant les rues de Londres, tout a pris sens. Au début, je revoyais la tête de cette fille, comme sortie d'un film américain, et celle, baissée, déconfite, de Philippe Leduc. C'était tellement ridicule. J'ai senti qu'il fallait réfléchir à partir de là. Que c'était le banc de sable – ou de vase plutôt – que j'avais touché et contre lequel je devais donner un coup de talon pour remonter.

Je me suis bâti un avenir.

D'abord, finir ces études qui menaçaient de traîner en longueur, d'être abandonnées, de ne mener à rien. Apprendre, apprendre encore. Cesser d'être celle qui passe avec juste la moyenne et dont on se dit, en regardant la liste des étudiants reçus : « Tiens, elle l'a aussi, elle ? »

Changer de lieu, aussi – rejoindre une ville importante, où les opportunités seraient réelles et où les carrières ne se termineraient pas en impasse. Là où les rencontres dues au hasard sont encore possibles.

Et surtout ne jamais se laisser impressionner.

Quels que soient l'âge, le sexe, la position sociale ou l'histoire de l'interlocuteur, le placer d'emblée en égal, être humain avec le même patrimoine génétique, sensible aux virus, pouvant tomber malade lors d'un week-end en amoureux à Amsterdam, capable d'humilier une fille en en faisant monter une autre dans sa chambre, ayant probablement une vie cachée, vices inavouables, moments de détresse, grimaces devant la glace, dégoût.

Le physique aussi, évidemment.

Modifier – concession que je n'avais jamais voulu faire jusque-là. Utiliser les trousses de maquillage que j'achetais parfois et dont je ne me servais jamais, comme si ce n'était pas fait pour moi, comme si je ne le méritais pas.

Aller chez le coiffeur. Opter pour une de ces coupes garçonnes qui commençaient à fleurir sur les photos des salons de coiffure.

La garde-robe aussi.

La garde-robe, bien sûr.

Abandonner l'informe, le passe-partout, le beige, le marron, le vert d'eau, le gris, le bleu. Aller vers toutes les couleurs vives, rehausser de rouge, de jaune, d'orange, sortir du rang.

Si je ferme les yeux, je les vois, les rues de Londres, en ce mois de juillet très chaud.

J'ai croisé quelques noctambules bien sûr – mais ils ne m'ont pas remarquée. Dans quelques années, me disais-je, dans quelques années, ils se retourneront sur mon passage. À un moment donné, je me suis trompée dans l'itinéraire qui devait me conduire à Waterloo. J'ai tourné quelques minutes en rond. Je suis passée deux fois devant le seul magasin dont les vitrines n'étaient pas protégées par des grilles. Une boutique qui vendait des herbes, des crèmes faites à base de plantes, du maquillage cent pour cent naturel. Tout ça sentait l'amateurisme, les années soixante-dix mal digérées, le communautarisme – une incohérence dans les *eighties* triomphantes, une dent cariée qui allait bientôt sauter. L'idée m'a traversé l'esprit brutalement – si j'étais à la tête de ce magasin, je réorganiserais tout différemment, je le moderniserais, je le rendrais populaire. Non, pas populaire, mieux. Branché. Tendance.

Pendant trente secondes, j'ai entrevu mon futur – et puis la porte s'est refermée. J'ai mis plus de quinze ans à l'ouvrir de nouveau. Ce n'étaient pas des années perdues. Il m'a fallu tout ce temps pour digérer les sentiments qui m'ont animée cette nuit-là.

Le désir de revanche, l'orgueil, la détermination et même une sorte de joie fébrile. Une joie qui s'est éteinte dès que le soleil s'est levé. Une joie qui a cédé la place, dans le train du retour, à cette haine électrique. Dans tout le corps. Une haine qui a laissé une trace durable. Une haine que seul, beaucoup plus tard, Luc est parvenu à éteindre – même si, au début, je ne rêvais que de le séduire, pour le laisser en plan peu après. Chancelant. Pantelant. En demande. Comme les autres que, après Leduc et avant Luc, j'avais laissés sur le carreau.

Je ne suis jamais retournée à Londres. J'ai parcouru la moitié de la planète, en prenant bien soin d'éviter le Royaume-Uni.

Est-ce que je serais prête à y retourner, maintenant ? Est-ce que je serais prête à pardonner ?

Ça m'arrive encore.

Je prétends que non. Que c'est un souvenir désagréable que je survole. C'est vrai aussi. Je ne m'attarde pas. Mais il y a des moments où cette nuit-là revient. Je suis en train de me raser, je me regarde devant la glace, je me dis que j'ai beaucoup perdu, que je ressemble à une caricature obèse et vieillie de Hugh Grant dans *Quatre mariages et un enterrement* – l'esprit vagabonde pendant que je tire la peau, que le rasoir essaie de rendre aux joues et au cou un air juvénile. D'un seul coup, mes lèvres se plissent au passage d'un goût amer. Je me revois devant le stade de l'Aube, j'ai douze ans, je viens de faire pleurer Karima en lui disant que je ne parlais pas aux étrangers. J'ai seize ans et je viens de m'énerver contre un copain de classe qui s'inquiète pour la santé de sa mère, elle supporte mal la chimio, je hurle qu'il devient pénible, qu'il ne va pas en faire tout un fromage, non ? – je ne comprends pas ce qui me prend. J'ai vingt ans, le silence est partout, il y a deux filles dans la chambre de l'hôtel, et l'une passe devant l'autre et dit : « Je ne suis pas sa sœur, vous savez. »

J'ignore comment les autres font pour oublier.

Un jour, j'ai cherché s'il n'existait pas un groupe de parole, une sorte de réunion sur le modèle des Alcooliques Anonymes, où on se tiendrait par la main, où on donnerait son prénom – bonjour, Philippe – et où on évacuerait les souvenirs les plus honteux. Je n'ai rien trouvé. Je n'ai sans doute pas bien cherché. C'est mon problème, après tout. Je ne cherche pas bien. J'attends que le fruit se détache et tombe, mûr. Cuit. Ça marchait, à un moment. Mais je manque de confiance en moi désormais. Non, ce n'est pas exactement ça. Je ne me fais plus confiance. C'est pour ça que je vais voir Mathieu à l'hôpital.

Parce que là, à quelques encablures de la mort, il a confiance en moi. Et que ça me fait du bien.

C'est ignoble.

Je pourrais lui dire, à Cécile, pour Mathieu. Mais elle ne s'en souvient certainement pas. Ils n'ont fait que se croiser dans ma vie. Au moment où je sortais avec elle, je le voyais beaucoup plus rarement. Elle n'a dû le rencontrer que deux ou trois fois, des soirées où ils se sont à peine parlé. Il trouvait qu'elle ne ressemblait à rien. Il ne comprenait pas pourquoi je perdais mon temps avec elle. Quand je suis rentré de Londres, je lui ai simplement annoncé que c'était terminé, il a hoché la tête, nous n'en avons jamais reparlé.

Ce n'est pas possible.

Nous n'allons pas nous quitter comme ça, je me

lève, elle reste assise, je lance « Bon séjour à Paris ! » et je sors du wagon. C'est idiot, il faut saisir cette chance. Si seulement j'avais une carte de visite. Ça m'a toujours impressionné, les cartes de visite. Ces gens que tu connais à peine et qui, après quelques minutes de conversation, te confient un morceau de carton avec leur nom et leurs coordonnées, on ne sait pas exactement pourquoi, qu'est-ce qu'ils attendent, qu'on les rappelle, qu'on aille boire un verre, qu'on devienne amis et plus si affinités ? N'empêche, aujourd'hui, j'aimerais bien en avoir une.

C'est plus facile maintenant pour nos enfants. Manon ou Loïc glissent à leurs interlocuteurs qu'ils sont sur Facebook ou sur Twitter, et l'autre acquiesce – le soir même, ils sont amis virtuels, et ils savent tout sur leurs vies respectives, goûts, intérêts, situation professionnelle. Je ne suis pas sur Facebook. J'ai voulu, à un moment – mes enfants n'en croyaient pas leurs oreilles. J'ai joué avec cette idée-là quelque temps et puis, en réfléchissant, je me suis demandé à qui j'allais faire signe sur les réseaux sociaux. Les amis de Mathieu ? Des copains de classe oubliés ? Des collègues que je croise tous les jours ? Quelle importance. J'ai baissé les bras. Ce que je sens, là, tandis que Paris se rapproche et qu'on aperçoit sur la droite la silhouette du Sacré-Cœur entre deux tours, c'est une vraie panique.

Je ne peux pas continuer à laisser filer. Les années devant moi, je les distingue – des rails qui s'étirent jusqu'à l'entrée en gare. Les gens que je rencontre et qui s'effacent. Ne restent que les détritus qu'ils abandonnent derrière eux – vestiges de déjeuners communs, de cafés rapides, bribes de conversation, rumeurs.

J'ai mal.

Là, dans la poitrine.

Des douleurs intercostales.

Je n'ai pas peur. J'ai l'habitude. Elles me réveillent la nuit depuis quelques mois. J'en ai parlé au médecin, il a haussé les épaules, il m'a demandé s'il y avait quelque chose qui me tracassait. C'est nerveux, a-t-il ajouté. Et très banal.

Je suis nerveux.

Je suis très banal.

Cette nuit-là a été encore plus banale que les autres. Pitoyable. Kathleen n'a posé aucune question après que Cécile fut partie. Elle avait juste envie de s'allonger et de dormir. On entendait les oiseaux dans le petit parc, en bas de l'hôtel. Elle s'est déshabillée très vite et s'est étendue sur le dos. Elle n'était plus concernée par ce qui allait lui arriver. C'était déprimant. De mon côté, j'ai essayé de me raviver un peu, mais ce n'est pas allé bien loin. D'un accord tacite, nous n'avons pas poussé l'expérience plus avant. Elle s'est endormie rapidement. Pas moi. Je regardais le plafond – il venait d'être repeint à la va-vite. La journée écoulée passait devant mes yeux, mais je n'étais capable d'aucune analyse. Je me demandais simplement comment j'avais pu en arriver là.

Il paraît que certaines personnes ont l'impression, à un moment donné, de toucher le fond et que, mentalement, elles tapent du talon sur le sol pour remonter. Je n'ai jamais cru à ces sornettes. Parce que ça ne m'est jamais arrivé. Je n'ai pas eu l'impression de retourner vers la lumière, ni le lendemain matin, ni les jours d'après. Quand je me suis réveillé à midi, Kathleen était partie, la chambre était encore payée pour deux nuits supplémentaires, j'ai traîné dans Londres. J'ai écrit deux ou trois lettres, à Cécile, à Mathieu, je ne les ai pas envoyées, je les ai oubliées à l'hôtel. J'ai dû le faire exprès.

Je suis rentré en France.

La vie a suivi son cours.

C'est petit à petit qu'elle est venue, la défiance. Je savais que j'étais capable de coups bas, de trahisons minables. Quand je me retrouvais dans une situation de séduction, je tentais de faire comprendre à mon interlocutrice que je n'en valais pas la peine. Et quand nous rompions, je lui faisais remarquer que je l'avais prévenue. Cela n'a jamais rien empêché, les cris, les larmes, les insultes – au contraire même, plus elles me donnaient raison et plus j'en prenais pour mon grade.

À un moment donné, j'ai lâché l'affaire.

J'avais vingt-sept ans, j'étais vendeur en télévisions et magnétoscopes dans un hypermarché, j'habitais un deux-pièces bon marché et assez confortable ; un soir, je me suis assis devant la fenêtre de la cuisine et je me suis dit : Voilà, je crois que c'est fini pour moi. Je n'avais plus envie de rencontrer qui que ce soit, de passer par toutes les étapes, de feindre l'admiration ou la compréhension, je préférais me fondre dans le décor, ne pas déranger l'ordre du monde – c'était plus simple comme ça. J'étais fatigué. Voilà. Oui. Épuisé, même. J'ai rencontré ma femme six mois plus tard. C'est ce qui lui a plu en moi, au départ, ma fatigue. Ma désillusion. Ma franchise, du coup. Elle a relevé le défi. Elle a un côté Pygmalion, ma femme. Elle voulait me redonner le goût de me battre.

Et puis elle a abandonné.

Je la comprends très bien.

Entre-temps, on a quand même fait deux enfants. Ce n’est pas rien. C’est ce que je me répète tous les jours. Ce n’est pas rien. Je ne suis pas rien.

Aïe.

C’est un peu comme si on me découpait les poumons avec des ciseaux très fins.

Il faut que je m’étire – généralement, ça atténue la douleur.

Comme ça, oui.

Mince. J’ai bousculé Cécile Duffaut.

— Excusez-moi, je suis désolé.
— Ce n'est rien.

Silence.

Crachotement de haut-parleur.

Le train arrivera dans quelques minutes en gare de Paris-Est, son terminus. Au nom de la SNCF, le chef de bord et le personnel d'accompagnement espèrent que vous avez fait bon voyage.

— Je suis sincèrement désolé.
— Ce n'est pas grave, vraiment, aucune importance.
— Non, ce n'est pas ça. Je veux dire, je suis désolé pour tout. Pour il y a presque trente ans. Pour Londres. Voilà. Je suis désolé.
— Ah. Merci.

Au moins, je l'aurais fait.

J'imagine que Mathieu l'aurait fait aussi. Il doit avoir envie de ça en ce moment. De se soulager la conscience. De mettre un point final aux ratages, aux imprécisions. À deux pas de la mort, l'impressionnisme, ça doit être insupportable. On doit avoir envie de Vermeer. De *Vue de Delft*. D'intérieurs hollandais du XVIIe siècle. Ou carrément des papes hurlants et des corps en décomposition de Bacon.

Je ne sais pas où il en est.

Hier, au téléphone, il était en plein délire. À moitié sanglotant à propos d'un vélo rouge qu'il possédait quand il avait neuf ans et à moitié excité parce qu'il est persuadé qu'il va rentrer chez lui très vite. Je suis content que sa mère n'ait plus assez de lucidité. Je ne supporterais pas de voir disparaître mes enfants avant moi.

J'ai eu l'infirmière-chef en ligne. Elle me connaît. Elle sait que je suis une famille de substitution. Je suis tout à la fois – parent, frère, fils, ami. Alors que nous ne nous sommes pas vus pendant presque vingt ans.

C'est tellement pitoyable. Elle m'a dit qu'ils avaient augmenté les doses de morphine – que le délire était peut-être une des conséquences de ces injections, à moins que les métastases n'aient atteint le cerveau. Il faudrait vérifier avec un scanner. Il y a eu un silence. Elle a murmuré : « Si c'est nécessaire. » J'ai compris que je devais venir le plus vite possible.

Alors je suis là.

N'en déplaise à Cécile Duffaut, je suis très fidèle. C'est sans doute même ma qualité principale – je pourrais être le chien de la première personne qui s'attacherait à moi. Mais bon, ce n'est pas très érotique, comme caractéristique. Ce n'est pas un truc que tu peux lancer dans une conversation, lors d'une rencontre. « Tu sais, je suis très fidèle », c'est à peu près comme si tu glissais que tu adores regarder la télé le dimanche après-midi ou que tu fais collection de chouettes en céramique.

Elle s'en fout, Cécile Duffaut. Elle se fout de ce que je viens de lui avouer.

En même temps, je ne peux pas l'en blâmer. C'était il y a vingt-sept ans. Depuis, une vie entière est passée. Ça ne sert à rien d'en reparler. De s'excuser.

Heureusement qu'il se finit bientôt, ce trajet.

Désolé.
C'est bien ce qu'il a dit.
Qu'il était désolé.
Et j'ai répondu merci.
C'est idiot.

Soit tu ne réponds rien, tu te drapes dans ta dignité, tu jettes un regard méprisant sur l'odieux personnage qui a osé t'adresser la parole ; soit tu acceptes les excuses et tu renoues la conversation, et comment vas-tu après tout ce temps, tu as une femme, des gosses, un boulot, eh bien, tu vois, tu y es arrivé quand même.

Mais moi, comme une imbécile, je reste là, dans l'entre-deux.

Il faut croire que c'est ma façon de réagir avec lui – rester indécise, mi-stupéfaite, mi-irritée, incapable de décider quoi que ce soit jusqu'à ce que les faits me poussent dehors. Hors du train. Hors de la chambre d'hôtel.

Pourquoi est-ce que je m'englue dans le passé, alors que je devrais aller de l'avant, courir dans l'allégresse, avoir envie de la suite ? C'était comme ça jusqu'à l'année dernière. Mais là, il y a un ressort qui se détend. Un mécanisme qui n'est pas encore grippé mais qui grince. Il est plus difficile de retenir les bâillements le matin. Valentine a bientôt dix-sept ans, elle s'échappe – et avec elle le lien le plus fort que j'ai avec Luc. Je me demande ce qui restera de notre couple quand notre fille sera partie de la maison. Si ça se trouve, on va se planter deux grosses bises sur les joues en se félicitant, « bon boulot avec la môme, maintenant tchao, on peut être fiers », et se séparer sans autre forme de procès parce que ça fait tellement longtemps qu'on ne sait plus qui est l'autre exactement, ce qu'il aime, ce dont il a envie. Ou alors on va rester en cohabitation, des moules sur un rocher, à attendre la prochaine marée.

Une feuille de bilan.

Un équilibrage des comptes.

C'est ce que je mets en place depuis quelques mois.

Ma vie, deux points : son côté plus, son côté moins. On aime / On n'aime pas.

Faites une liste de ce qui vous plaît / de ce qui vous dérange.

Je parle comme un article de journal féminin.

Je déteste ça.

Mon père a été fanatique de généalogie.

C'est venu vers quarante-cinq ans, j'étais encore au lycée. Il passait ses vacances à aller de mairie en mairie pour retrouver les registres de naissance, écrire des lettres, donner des coups de téléphone. Je riais sous cape. J'étais bien contente. Pendant ce temps-là, il n'en avait pas après moi, il me laissait quartier libre. Sinon, il m'enjoignait à longueur de journée de « prendre l'air » ou de « faire quelque chose d'intelligent ». Je n'ai toujours pas compris ce qu'il entendait par là, lui qui ne lisait pas de livres, qui n'écoutait pas de musique et qui n'a jamais mis les pieds dans un musée. Intelligent, c'était probablement un synonyme d'utile – ménage, réparations, courses.

Cela a duré jusqu'à ce qu'il soit en retraite – je pensais qu'il ne s'ennuierait pas en cessant le travail, qu'il pourrait assouvir sa passion, remonter jusqu'au XVIe siècle, compléter ses tableaux. Mais, d'un seul coup, il s'en est désintéressé. Les arbres généalogiques traînent dans un coin du grenier.

Je n'étais pas comme lui. Je n'ai jamais eu envie de me pencher sur des registres d'état civil pour découvrir qu'un de mes aïeux était maréchal-ferrant. Je suis beaucoup plus terre à terre que ça. Maintenant, c'est un peu différent. Nous nous rapprochons insensiblement l'un de l'autre. Au moment où tout décolle professionnellement, alors que les magasins se multiplient, que l'entreprise prend de l'ampleur, je ressens comme une vieille fatigue. Tout ce dont j'ai envie, en fait, c'est de m'asseoir dans un transat un soir de juin et de m'endormir là, en regardant la nuit qui se lève et en essayant mollement de retrouver le nom des étoiles au-dessus de moi. Comme lui. Un jour, peut-être, nous pourrons les nommer ensemble. Enfin.

Je me demande ce à quoi Philippe aspire. À rien, probablement. Philippe n'est pas du genre à aspirer. Il profite du moment, il se moque des conséquences. Il doit tromper sa femme et être le héros de ses enfants avec qui il a des conversations inutiles mais drôles.

Si je m'autorise à le regarder en face.

Les yeux bien calés sur son visage.

Les rides profondes et peu gracieuses sur le visage. Les cheveux qui commencent à se raréfier. Le ventre, surtout. Je croyais naïvement qu'il allait garder sa silhouette svelte en vieillissant. Être l'un de ces quinquagénaires secs qui courent tous les dimanches et qui n'ont pas pris un gramme en arrêtant de fumer. Comme Luc. Ou comme son copain, là, Mathieu Coché. Bel homme, Mathieu Coché. Bel homme, et souvenir pas si désagréable finalement. Je pourrais peut-être commencer par là. Une conversation anodine alors que le train s'immobilise quelques minutes avant son entrée en gare – on voit le Sacré-Cœur sur la droite, et la Cité des Sciences sur la gauche. Une conversation sans intérêt comme il doit les aimer et qui aurait le mérite de ne pas laisser notre non-rencontre sur la note désagréable d'une demande d'excuse non entérinée. Un truc comme « J'ai vu votre copain, là, Mathieu Coché, sur un magazine l'autre jour ». Ses yeux qui s'illuminent. Même s'ils ne se voient plus depuis des lustres. C'est toujours bien d'avoir un copain célèbre. Ça redore son propre blason.

Oui, je pourrais essayer ça. Deux minutes d'échanges d'informations sans intérêt et on se quitterait avec le sourire.

Je suis magnanime.

J'ai envie d'être en paix.

Mesdames et messieurs les voyageurs, notre train est actuellement immobilisé en pleine voie. Veuillez ne pas tenter d'ouvrir les portes. Le train repartira dans quelques minutes.

Brouhaha dans le wagon.

Soupirs.

« Merde, on était presque arrivés. C'est tout la SNCF, ça. »

Ou alors, la SNCF.

Une phrase type comme vient d'en sortir le gars devant moi : « C'est tout la SNCF, ça. » Tout le monde opine du chef en maugréant. C'est consensuel de grogner contre la SNCF, on s'attaque à tout le monde et à personne en même temps, ça nous donne des tas d'excuses pour notre mauvaise humeur, c'est du pain bénit pour ceux qui sont accros à la déliquescence du pays, le c'était-mieux-avant, le nous-descendons-dans-le-caniveau et bientôt paf, l'égout.

J'ai un mauvais goût dans la bouche.

Mais la SNCF, ça resterait une bonne façon de tenter de nouveau d'entamer la conversation. De la pousser à sortir de ses gonds, à cracher son venin, si elle en a besoin. Ou simplement de ne pas se quitter sur une impression désagréable.

Discuter de la pluie et du beau temps.

J'aimerais bien discuter de la pluie et du beau temps avec Cécile Duffaut. Dans un café, avec une terrasse qui donnerait sur le canal Saint-Martin ou sur le boulevard Saint-Germain.

Avant ou après l'hôpital.

Après, ça serait mieux. Pour reprendre une vie normale. Voilà. Pour reprendre une vie normale.

— J'ai vu votre…
— La SNCF, c'est…
— Pardon, vous disiez…
— Désolé, je vous ai coupé la…

Un blanc.
Une secousse.
Deux secousses.
Un soupir.
Le train se remet en marche.

Devant, derrière, les passagers du train de 06 h 41 arrivée gare de l'Est 08 h 15 se lèvent, descendent leurs bagages des compartiments prévus à cet effet, se frottent les yeux, se passent la main sur le visage, plissent les paupières, se remettent en perspective – quai de gare, métro, escaliers, trottoirs, deux cents mètres, immeuble, bureau, café pris rapidement à la machine, bonjour lancé à la cantonade, dossiers, débriefing, sourire légèrement crispé, une nouvelle semaine commence.

Ils sont intimidants, tous ces passagers debout qui attendent le moment où la queue va s'ébrouer, les uns à la suite des autres, la descente, faire attention aux marches, poser le pied sur le bitume et commencer la course. Ils se raclent la gorge, consultent leurs montres pour la vingtième fois. Ont de petits tics – se grattent le haut des sourcils, la gorge, le lobe de l'oreille. Font la liste des tâches à accomplir. Des gens à retrouver. Valse des prénoms. Au milieu, incongrus, leur conjoint, leurs enfants – ceux qu'on ne va voir que trop rapidement avant le week-end prochain.

Tellement intimidants qu'on n'ose pas les regarder. Et comme ils n'osent pas non plus se regarder l'un l'autre, Cécile Duffaut et Philippe Leduc, les voilà qui fixent le plancher sale du wagon – un chewing-gum rose-gris écrasé, une bouteille d'eau minérale vide. Ils se maudissent d'avoir renoué le dialogue.

Ou alors de ne pas l'avoir renoué plus tôt. Ils sont un peu perplexes. Ils sont un peu perdus. Ils ne voient pas bien quelle sera la prochaine étape. Ils sont sur le point de relever la tête et de parler en même temps de nouveau, mais Cécile Duffaut le sent, alors elle se précipite, elle est plus rapide. Elle dit : « J'ai vu votre ami, là, Mathieu Coché, enfin je ne sais pas si c'est encore votre ami, mais l'ami que vous aviez, enfin, il y a longtemps. Dans un magazine. Je l'ai vu dans un magazine. »

Elle se trouve idiote.

Elle a répété trois fois le mot « ami ». Et deux fois le mot « magazine ».

Elle voit l'encre rouge sortie du stylo-plume de sa prof de français de quatrième qui barre les répétitions et écrit « Du vocabulaire, que diable ! ! ! » dans la marge. Avec plusieurs points d'exclamation. C'étaient les points d'exclamation, le plus humiliant. On se sent toujours écrasé par un point d'exclamation. C'est comme une pierre qui se détache de la paroi – et vous êtes juste en dessous. Pourquoi pense-t-elle à ça, à ce moment-là ?

Pourquoi a-t-elle parlé de Mathieu Coché ?

Regardez la tête de Philippe Leduc, maintenant.

C'est comme si une armée de points d'exclamation s'était abattue sur lui.

— Je… C'est lui que je vais voir.

— Pardon ?

— C'est pour ça que j'ai pris le train, pour lui rendre visite.

— Ah. Très bien. Vous lui donnerez mon bonjour. Encore que je ne pense pas qu'il se souvienne de moi.

— Il est à l'hôpital.

— Mince. Ce n'est pas trop grave ?

— Il va mourir. C'est pour ça que je vais le voir. Parce qu'il va mourir. D'un jour à l'autre. Alors, je vais le voir. Vous comprenez ?

Elle ne répond pas. Elle est interdite. Interdite, comme dans un sens interdit. Il y a une partie d'elle qui voudrait continuer la conversation, « Oh, regardez le graffiti sous le pont, original non ? quel est le dernier film que vous ayez vu ? » – mais soudain, il y a de la bande adhésive partout, comme dans les séries policières, des rubans qui empêchent d'aller plus loin et surtout de fouler la scène du crime. Elle n'arrive plus à mettre des mots sur ce qu'elle ressent. Elle est face à cet imbécile dont le regard se brouille, elle-même n'est pas brillante, ça pique au coin des yeux, c'est idiot, pour quelqu'un qu'on a à peine connu presque trente ans auparavant, non, ça n'a aucun sens. Elle fronce les sourcils – cela détournera les larmes qui menacent. Elle murmure « Maladie ? » et, dans sa tête, les images se bousculent, couloirs d'hôpital, prises de sang, visages de chirurgien, VIH, scanner, le corps qui entre dans un tunnel, George Clooney dans *Urgences*. Philippe Leduc incline la tête et souffle « Cancer. Phase terminale, donc » – et il y a tous ces gens qui passent avec des sacs, des valises, des mallettes, où vont-ils, à quelle station descendent-ils, qu'est-ce qui va leur arriver aujourd'hui, si ça se trouve, il y en a un dont c'est le dernier trajet de train, il ne le sait pas encore, mais c'est son dernier trajet, tout à l'heure, la traversée imprudente d'une chaussée très fréquentée, le camion, et hop, terminé, remballé, il n'y a plus rien à voir.

Philippe est courageux. Il se ressaisit. Elle ne peut pas savoir l'évolution accomplie pendant les quatre-vingt-quinze minutes de train. Elle ne peut pas savoir qu'il a tout revisité, et qu'il est retourné à Londres. C'est pour ça aussi, d'un coup, la montée des eaux. Il s'excuse. Il s'en veut aussi. Il voudrait un jour arrêter de s'excuser. Alors, il tente de relancer maladroitement la conversation.

« Et vous… vous venez à Paris pour quoi ? »

Mais il y a tous ces gens qui descendent et bientôt le wagon sera vide, c'est tellement tard, c'est beaucoup trop tard. Elle répond « J'y travaille. J'y habite », et elle se lève en même temps, il s'écarte. Mais Philippe ne cède pas. Maintenant qu'il a fait le premier pas, il insiste. Il demande si elle a des enfants. C'est tellement hors de propos, une tonne de cheveux sur la soupe que Cécile Duffaut ne peut s'empêcher de sourire et de répondre : « Oui. Une. Grande. Au lycée. » Elle veut récupérer sa petite valise dans le compartiment mais il est plus rapide qu'elle. Il en profite pour glisser que lui aussi, deux, grands également, c'est bizarre, hein ?

— Qu'est-ce qui est bizarre ?

— Plus jeune, on ne s'imagine jamais avoir des enfants plus tard.

Cette fois, elle rit. C'est plus fort qu'elle. Il ouvre de grands yeux. Il ne saisit pas. Elle fait un mouvement de la main qui signifie « laissez tomber, ce n'est rien », et puis elle a ce geste-là, elle pose une main sur son épaule, comme le ferait un père, un ami, un frère – c'est troublant. Gentiment, elle ajoute : « Il est bien trop tard pour refaire connaissance, et je ne prends pas ce train très souvent. Je ne sais pas si nous nous reverrons. Bonne continuation. »

C'est le « bonne continuation ».

C'est une expression qu'il a toujours détestée. C'est l'une des répliques favorites de sa mère, elle la sort à tout le monde, les voisins, le facteur, la boulangère, son fils, des neveux, son frère, le boucher du supermarché, son mari avant. Tout le monde a le droit de bien continuer – des activités, des engagements quotidiens, des micro-drames, des mini-joies, le monde est une foule de Playmobil qui bougent les bras de façon saccadée, pérorent dans leurs bouches effacées, entendent sans oreilles, toujours impeccablement coiffés, et ils vaquent aux occupations assignées, tous, sans cesse, continuent, c'est bien, ils continuent, c'est bien.

Pareil pour tous ceux qui ont quitté le wagon, petit à petit – ils continuent, c'est bien, ils téléphonent sur des portables pour dire qu'ils arrivent, ils envoient des textos pour signaler qu'ils descendent du train, ils manient leurs oreillettes, leurs écrans tactiles, les touches du clavier, ça cliquette, ça jase et ça ne rend pourtant aucun son, que du creux, ils indiquent seulement qu'ils continuent et c'est bien, je continue et c'est bien, tout s'écroule autour de moi, pire, tout est en carton, en pâte à modeler, en plastique, l'hôpital est un lit avec un thermomètre mais je suis infirmière, j'ai un casque bleu avec une visière transparente et une matraque alors je suis policier, j'ai un marteau et un casque de chantier donc je suis maçon – je n'ai aucune question à poser, je sais ce que je dois faire, je continue et c'est bien, je continue et c'est bien, et que ça saute, que ça saute, il faut que ça saute.

— Un café ?

— Non… Je crois… Je ne crois pas que ce soit une bonne idée.

— Qu'est-ce que vous en savez ?

— Rien. Je n'en sais rien. Simplement, ça arrive tous les jours, des gens qui se sont connus un court moment il y a longtemps et qui se recroisent, et il n'y a rien à ajouter, on y pense quelques minutes et puis on reprend le rythme, il n'y a pas de raison de s'arrêter.

— On continue et c'est bien ?

— C'est ça.

— J'espère que vous penserez à moi avant de mourir.

Cécile Duffaut est choquée. Presque autant par les mots que par l'aspect général de celui qui se tient en face d'elle. Il émane de lui une violence qu'elle n'avait pas imaginée. Une violence et puis aussi, ah non, elle n'a pas envie de se l'avouer, mais oui, quand même, tant pis si ça fait bateau, une sensualité, une sensualité à 8 h 15 le matin, sur le quai de la gare de l'Est, c'est quand même assez incongru. Il est là, il est aux abois, il est prêt à mordre, il faut s'en aller maintenant, elle a raison, elle le sait, il faut s'en aller. Des centaines de mots dans sa tête, des bribes de phrases, des éclats d'images, elle serait Valentine, elle donnerait une adresse Internet, c'est facile, l'électronique, ça laisse des traces et ça n'en laisse aucune en même temps, c'est magique, mais là, je ne suis pas dans la pensée magique, arrête maintenant, avance.

Elle prend son sac. Elle donne un petit coup d'épaule pour bien le caler, elle abaisse sa jupe qui était légèrement remontée, elle ne le regarde plus, elle fait volte-face, elle marche vers la sortie, elle cherche des phrases, elle devrait bien trouver une repartie ironique sur le destin, la malchance, le sort, une repartie qui fasse mouche, elle ne trouve rien, c'est désespérant, elle continue de marcher, il ne reste rien, c'est incroyable comme il ne reste rien, le désert, un désert vert, du Périgord, du Lot, de la roche, des chênes, des noyers, une rivière, une rivière gare de l'Est, n'importe quoi, des rails, il n'y a que des rails et la voix imperturbable qui indique les voies, les arrivées, les départs, les retards, parce qu'il y en a des retards, des arrêts et parfois ça ne se continue pas, ce n'est pas bien, ça ne se continue pas, ce n'est pas bien.

Alors, doucement, elle s'arrête. Elle est au niveau de la voiture numéro 3. Elle ne se retourne pas. Vue de dos – ses épaules qui s'affaissent à peine, le sac qui tangue dangereusement, les doigts qui se détendent, elle doit respirer profondément. Ses jambes s'immobilisent. Elle fait toujours face au hall de la gare, avec ces centaines de cuisses, de coudes, de ventres, de pieds, de hanches qui la dépassent. Elle s'est arrêtée. Elle ne continue pas. Elle va se retourner. Personne ne sait si ce sera bien.

Imprimé en France par

Maury Imprimeur
à Malesherbes (Loiret)
en février 2014

POCKET – 12, avenue d'Italie – 75627 Paris Cedex 13

N° d'impression : 187879
Dépôt légal : mars 2014
S24234/01